Los Magi y una Dama

William Siems

Los Magi y una Dama
Por: William Siems
Traducido por: Antonia Angel

ISBN: 978-0-9997026-1-1

Primera impresión - septiembre de 2020.

Citas bíblicas del SUV (versión no autorizada de Siems) de la Biblia.

Contacta al autor del libro en Chayeem10@gmail.com

Portada hecha por Jacob Bridgman

Diseño de interiores por Alane Pearce de Professional Writing Services LLC apearcewriting@gmail.com

Dedicacion

Curiosamente esta es mi tercera novela de fantasia, comenzó cómo un simple musical de Navidad. Había escrito unas cinco escenas y cuando estaba en medio de la tercera escena de repente apareció otro personaje. Espera un momento esto se esta complicando. Inmediatamente me di cuenta que estaba escribiendo otra novela (estaba teniendo problema para encontrar a alguien que escribiera la partitura.) Aun sin el fiel apoyo de tantos, todavía estaría tirado en el piso de mi oficina.

Gracias una vez mas a mi esposa, Nancy quien era mi constante inspiración y mi aliento; mi buen amigo Keith Timmer, quien cada semana escuchaba un nuevo capítulo o sección y se emocionaba al final ; mi hija y editora Angela, ¿"Que colores te gustaría ver más esta vez?" y por supuesto el centro de toda la historia Jesus el Prometido.

MAY YOU BOTH ENJOY THIS AND FIND THAT ENCOURAGES YOU TO KNOW HIM BETTER.

BLESSINGS

BILL SIBONS

OCTOBER 2020

Contentos

Prologo

Antes de todas las cosas un "otro" ya existía. Antes que el tiempo, antes que el espacio, antes que existiera un "ahi", El simplemente era el unico no creado. La pluralidad de su ser al que luego llamaríamos Dios, pero El ya existia antes que los nombres, antes que el idioma, palabras o pensamientos . Solo era El. El era comunion, asociacion y amistad todo en El mismo. El amaba compartir y crear, y asi lo hizo, El creo los cielos y la tierra y todo lo que hay en ellos. El creo los elementos de la tierra, viento, fuego y agua. El creo la luz y la oscuridad, la tierra y el oceano, las plantas y los animales. El creo las estrellas y los angeles, seres de espiritu y poder. Finalmente a su propia imagen, El creo al hombre al cual llamo Clay. Clay ha sido creado de tierra y todo era bueno. Por ultimo, como centro de la culminacion de su genio creativo , El creo a la mujer a quien llamo Dawn, el comienzo de todas las cosas bellas. Ella era una maravilla para apreciar. El la reunio con el hombre quien la abrazo y de repente todo era bueno.

En medio de todas las plantas y animales , se formo un jardin especial. En el centro del jardin crecieron dos arboles. Los dos arboles eran de la misma raiz parecidos pero no identicos. El primer arbol fue llamado Chayeem, el arbol de la vida y el segundo arbol fue llamado Daath,el arbol del conocimiento. Un arcagel el mas maravilloso y poderoso de todos, posaba sofre Delight para cubrir al jardin con belleza y poder. El nombre de este ser maravilloso era Halel y el dirigio y coreografio la adoracion; y su luz y musica impregnaron cada fibra de Delight. Entonces Dios presento a Clay y Dawn como los protectores , para cuidar y cultivar a las plantas, para pastorear y proteger a los animales, y para asegurarse de que todo estuviera bien, se expandio y florecio todo en la tierra. Pero esta mision ofendio a Halel. Halel penso que ese jardin le pertenecia a el. ¿Con que derecho Dios le dio la custodia del jardin al hombre y a la mujer? La luz de Halel se oscurecio, su musica se distorciono. Halel cayo de su posicion exaltada sobre Deligth y llego a descansar en el solitario arbol Daath. Dawn fue encontrado un dia en las ramas de Daath mientras ella buscaba el desayuno para ella y Clay. Halel ahora llamado Hal canto y Dawn se quedo boquiabierta y sin palabras ante el canto de Hal.

¿Puedo sugerirte que agregues una de las frutas de mi árbol a los descubrimientos de tus mañanas? sugirió Hal.

Con dificultad Dawn contuvo el aliento y finalmente murmuro ´´Dios que no debemos de comer de este árbol, incluso tocar a Daath podría causar la muerte y causaría la perdida de todas las cosas buenas en el mundo´´.

Hal se rio y atravesó el corazón de Dawn con una emoción extraña a todo lo que había conocido. Hal continuo con su discordante canción ´´no morirás Dios guarda esto de ti porque lo atesora para sí mismo. Comiendo de la fruta de Daath tendrás conocimiento que solo El y yo poseemos´´ Hal arranco una fruta de las ramas de Daath , saco su espada y corto un trozo de ella. Hal se lo tendió y le dijo ´´Tómalo no hay peligro alguno, solo la iluminación que te esta reteniendo el de ti´´.

Mirando al fruto la atrae de verdad. En todo Delight nada había cambiado a su parecer todo seguía igual. Finalmente Dawn tomo la fruta y nada paso en lo absoluto, excepto por el jugo que corrió sobre su mano. Dawn lopuso en su canasta y lamio sus dedos. De repente todo lo que el ángel había dicho tenía mucho sentido.

Dios había retenido esta maravilla lejos de ella. Ella tomo la fruta de su canasta y le dio una gran mordida, el placer casi no la abrazo, su entorno se veía diferente. Cada color más claro, extravagante lleno de belleza pero al mismo tiempo extraño y desvanecido. Dawn noto que Clay estaba parado a su lado y le ofrecio una rebanada del furto. " Clay prueba esta fruta! Es increible!, Ella canto tambien en nota definada , en lugar de solo hablar con normalidad.

Clay miro la rebanada de la fruta, el fuerte aroma le llamo la atención, el jugo de la fruta esta corriendo de los dedos de Dawn. ¿Que es? Pregunto Clay.

Ella miro hacia el Arbol el Conocimiento, "Una maravilla que se nos negó".

"Pero Dios dijo," el empezó, ella lo detuvo.

"¿Estoy muerta?" Estoy mas viva ahora que he comido de esa fruta. Ella respondio. Sin embargo algo no estaba bien. El sintio una distancia entre ellos dos. El estaba apunto de perderla, de perderla del angel. En momento de desesperacion el tomo la rebanada de la fruta y se la comio y ellos se juntaron de nuevo, Pero su union no tenia bendicion. Clay miro a Dawn, se miro a si mismo, miro al angel. Todos estaban desnudos y esa fue la primer vez que el se sintio muy avergonzado mas que lo que siente hacer algo mal, algo asi como Dios les pidio que no hicieran. Clay siente avergonzado de si mismo , el habia sido la imagen de Dios sin embargo de alguna manera se habia desvanecido y esta incompleta simplemente ya no estaba a la altura. Clay tomo a Dawn y se alejaron del arbol y del angel.

Clay y Dawn se tropezaron, se marcharon de Chayeem y llegaron a una higuera tomaron unas hojas y tejieron ropa para no estar desnudos y de alguna manera corregir las cosas. Lo intentaron pero fue en vano.

Capitulo 1
La Promesa

Muchos años pasaron desde que Clay y Dawn empezaron a conocer lo bueno y lo malo, el dia que comieron la fruta de Daath. Ellos no murieron inmediatamente asi como ellos pensaron , pero todo cambio y el mundo ya no estaba muy bien. El mal habia asegurado un punto de apoyo. Clay y Dawn lo sabian, experimentaron y la muerte que sintieron fue mas sutil. Su relacion con Dios fue alterada drásticamente . Antes de que ellos comieran la fruta prohibida, ellos eran amigos muy cercanos a Dios, ahora se sienten distantes , alejados , casi como enemigos . Hal ha sido maldecido y ha caido del arbol se ha marchado del jardin arrastrandose . Dawn sufriendo la perdida de su igualdad con el hombre. Clay sufriendo la perdida de la cooperación de los animales y plantas, experimentando la poca recompensa de su trabajo. Fueron expulsados del jardín de su maravilla, asombro , belleza y del accesso al gran arbol Chayeem y su fruto. Se dirigieron hacia el este e intentaron construir su propio jardin pero este obtuvo poco éxito. Sin embargo había una promesa. La mujer dará a luz un hombre el cual hara todo nuevamente . El restaurara la paz y armonía en los cielos y la tierra. Dawn , a traves del dolor y trabajo, forjando fuera de su matriz la aflicción un niño. Cuando el niño nazca, ella lo llamara ''Kel" que significa herramienta o arma de paz que derrotará al enemigo, el angel del mal. Ella concibió nuevamente y esta vez tendría un dulce dolor. Ella dio a luz a otro hijo y el era como un soplo de aire fresco, una suave brisa en una tarde árida. Lo llamaron " Sigh". Creció puro, impecable y agradable a Dios. Cuando Kel siguió a su padre para trabajar en la tierra tratando desesperadamente de volver a someterla , Sigh se convirtió en pastor y amigo de todos los animales.

Un día, mientras estaba sentado en la sombra de un pequeño árbol al lado del gran río que fluía de Delight. Sigh tenía el brazo alrededor de una de sus ovejas, Seh, cuando la oveja le contó la historia de la traición del Ángel a Sigh.

"Después que el ángel había engañado a tu madre para que comiera del árbol del conocimiento y tu padre se unió a ella, aunque fue engañado, dejaron el arbol y se escondieron porque estaban avergonzados" dijo Seh la oveja.

Sigh respondió: ¿De que estaban avergonzados? Seh: continuó: "De lo que habían convertido y de lo que ya no eran, pero Dios no soportó que se escondieran. Los llamó para dar cuenta de sus acciones. Avergonzados de su desnudez, tuvieron que cubrirse con hojas de la higuera que estaba cerca de Chayeem. Sin embargo Dios los despojó de su necedad y pidió que alguien más cubriera su vergüenza. No podían "tomar" algo para cubrirse , todo debe ser sacrificio y dado libremente. Así que mi esposa Rachel y yo dimos voluntariamente nuestras vidas por tu padre y madre. Fuimos asesinados y nuestras pieles cubrieron su desnudez y vergüenza. Mientras que la ley dice que el alma que peca debe morir, una ley mayor dice que otra sin pecado puede morir en su lugar, así que nosotros lo hicimos".

Sigh preguntó: ¿pero estás vivo? Seh miró a lo lejos: "Si, una muerte como sacrificio es un tipo diferente de muerte, quizás menos permanente. Después que tu madre y padre se fueron de Delight, después de que Daath fue removida del jardín, nos dieron cuerpos nuevos. Al jardín se le dio un nuevo jardinero y se le asignó un nuevo Ángel para ... no arruinarlo sino para iluminarlo mas , si esa es la palabra".

Sigh habló lentamente"Mi padre ha compartido algo de esto, pero titubeando. Creo que todavía está triste por lo que permitió que sucediera". Seh interrumpió " Y con razón, pero ¿Ha compartido contigo la promesa? Nacerá un niño que arreglará todo, hará que todo sea nuevo. Algunos piensan que podrías ser ese prometido. Acariciando a las ovejas con cariño, Sigh sacudió la cabeza. " No, Seh , solo soy un simple pastor. No soy nada especial". Seh respondió: "¡ Pero tal vez eso sea todo" exclamó. "El ángel oscuro cayó porque pensó que era más especial que todos y todo lo demás. ¡Quizás el prometido piense exactamente lo contrario! Además, todas tus ovejas piensan que eres especial. Seh se acurrucó cerca de Sigh.

Sigh sonrío, " Si, si. Como el árbol solía decirle así padre: "Sabes, Clay, te tengo mucho cariño". "Si, eso es lo que iba a decir". Seh se unió a él en la risa, y de repente su tono se volvió más sombrío. "Sigh, ¿sabes que tu padre está planeando una celebración de la promesa?" "Sí", respondió Sigh, "lo esta planeando para este próximo sábado." Me preguntaba que podría ofrecerle a Dios en agradecimiento por su promesa. Debe ser algo muy especial.

Seh miro profundamente a los ojos de Sigh: "Se cuanto amas a mi hijo primogénito, Jeruel. ¿Qué pasaría si lo diéramos como una ofrenda al Señor? " "No estoy seguro , que quieres decir?" La mano de Sigh en el cuello de Seh se detuvo a mitad de golpe. Seh habló lenta y deliberadamente: "Rachel y yo dimos nuestras vidas para cubrir el pecado de tus padres. Cuando tú y tu hermano nacieron, dividieron sus pieles para cubrirte, pero si alguien más nace... bueno, se están quedando sin piel. Se ofrecería a Jeruel para que su piel cubriera a los que nacerán después."

La sorpresa hizo que Sigh se pusiera de pie. "¡Qué! ¿Matarlo, matar a tu hijo?" Una lágrima brillo en los ojos de Seh, "No, no matar, sacrificar. He hablado con él, está dispuesto a dar su vida por tus hijos". Sigh todavía tenía dificultades para creer lo que estaba escuchando, pero Jeruel ahora estaba al lado de su padre. Jeruel habló, casi en un susurro, pero con tanta compasión que la misma atmósfera reverberó con sus palabras. "El regalo voluntario de mi vida no sería una muerte, sino un sacrificio, una ofrenda de lo mejor, lo mejor de ti , lo mejor de mi padre, lo mejor de mi". Creo que tocaría el corazón de Dios y realmente le mostraría lo agradecidos que estamos por su promesa. Creo que sería... adecuado y proporcionar cobertura para el futuro".

Las lagrimas reemplazaron la incredulidad de Sigh. "¿Cómo haríamos esto? ¿Tendría que matarte? ¡No creo que pueda hacer eso!" Jeruel asintió, "Por eso se llama sacrificio. Es difícil. Cada parte será difícil". Sigh levanto la vista a través de lágrimas , "¿Cómo puedo explicarle esto a mi padre? ¿Qué le diré a mi padre?" Jeruel respondió: "No le dirás nada. Será una sorpresa, nuestra sorpresa" . Seh asintió lentamente y todos estuvieron de acuerdo.

Al final de la tarde del sábado, todos se reunieron en el claro que se formaba en el centro del exiguo jardín. Clay, Kel y Sigh habían construido un pequeño altar de piedra frente al único árbol que adornaba su pequeño claro. El árbol no era Chayeem, pero les recordaba a Chayeem . Algunos de sus amigos animales también se unieron a ellos, especialmente muchas de las ovejas de Sigh. Clay comenzó: "Estamos reunidos esta noche para conmemorar la promesa de Dios de algún día proporcionar un hombre que arregle todo, que restablezca todas las cosas para que sean muy buenas". En agradecimiento a la promesa de Dios, que colocó en la parte superior de su altar una pequeña pieza de cuero, que se había quitado de su propia prenda, dedico estas cuatro piedras que he encontrado en el gran río fluyente de Delight; un Zircon rosado para Dawn, un diamante para mi mismo, un ónix para Kel y un rubí rojo para Sigh". Dio un paso atrás de su altar.

Kel se acercó a su altar llevando una hoja grande que contenía algunos de los productos de su jardín, "Doy algunos de los productos de mi jardin". Lo puso sobre su altar y retrocedió. Sigh dio un paso adelante y el primogénito de su rebaño, Jeruel, lo acompañó . La voz de Sigh estaba ahogada por la emoción, pero aumento en volumen y estabilidad mientras hablaba con todos los que estaban reunidos. "Conocen la historia que procede a dar la promesa: cómo nuestros padres desobedecieron a Dios, fueron maldecidos y expulsados de Delight.

Sin embargo, antes de irse, su vergüenza y desnudez estaban cubiertas por las pieles de animales que todavía usan hoy. Las pieles son más pequeñas ahora porque han dado una parte de ellas para cubrir a mi hermano y a mi, pero ¿Qué pasa con el futuro? ¿Cómo cubrirémos a los nacidos del futuro? Con ese fin, Jeruel voluntariamente da su vida. Una quietud los envolvió cuando Sigh puso su mano sobre la cabeza de Jeruel. Un cuchillo apareció en las manos de Sigh y le corto la garganta a Jeruel. Clay y Dawn jadearon cuando la sangre cubrió a Sigh y el procedió a desollar a Jeruel. Luego puso el cadaver desnudo sobre su altar con reverencia colocó la piel al lado.

Acompañado de una luz deslumbrante, un hombre enorme se alzó sobre un altar de Sigh y sacó una espada que cantaba con tanta belleza que la asombrosa asamblea jadeó. El ser hablo en armonía con la canción de la espada. "Soy Uriel, el ángel que ahora cubre el jardín

Delight. He venido por dos propósitos". Primero, puso su espada sobre el cadaver de Jeruel y cayo fuego del cielo, devorando el cuerpo del cordero, lamiendo toda la sangre, incluso envolviendo a Sigh por un momento m, consumiendo la sangre animal sobre él. La piel que Sigh había quitado de Jeruel, permaneció en llamas. Uriel continuó: "Sigh, puedes quitar la piel de las llamas". Si bien el fuego había consumido su ofrenda, no sufrió daños al alcanzar y recuperar la piel, ahora bronceada a la perfección. Uriel continuó: "Dios está complacido y acepta tu ofrenda, Sigh. Su consumo de fuego lo confirma. Segundo, agregó a la promesa de Dios con respecto al que vendrá: yo mismo, dejaré mi cobertura del jardín Delight una vez más Pat anunciar el advenimiento del Prometido. También llevaré a algunas personas a conocerlo,adorarlo". Con eso, envainó su espada y desapareció,dejando un acorde final de música sonando en el aire y una fragancia persistente de santidad.

Kel tropezó con lo que había comenzado como una celebración y terminó como qué ? Sus pensamientos exigían ser escuchados, "La promesa" "¿Qué quiso decir Dios con eso?" Kel se sintió bien sacudido hasta el núcleo de su ser. Las imágenes de fuego y sangre estaban estampadas en su mente . El fuego de Dios había caído del cielo para aceptar la ofrenda de su hermano, mientras que no pasó nada que mostrara que Dios aceptó su ofrenda o la de su padre. ¿La ofrenda de su padre no representaba simbólicamente la entrega de toda su familia a Dios en respuesta a lo que El había prometido? Tal vez no le había costado lo suficiente a su padre, solo unas pocas horas caminando en el río y alguna observación afortunada para encontrar piedras. Pero Kel, su ofrenda había sido el fruto de sus manos, el resultado del sudor de su frente y su hábil labor. Para ser sincero, no había buscado lo mejor de su producción. No, él acababa de seleccionar al azar los artículos de los que la tierra había producido.

Sigh , por otro lado, definitivamente había dado lo mejor de sí. Jeruel fue el primer cordero nacido de su rebaño y lo había amado como a un hijo. ¿Matarlo ante el Señor y degollarlo para cubrir a sus futuros hijos? Kel se detuvo. La imagen de la sangre goteando de las manos de Sigh lo perseguía y hacía que su ira hirviera. ¿Cómo podría Dios recompensar a su hermano asesino con Su favor? Cuanto más pensaba en la injusticia de todo, más echaba humo.

Mas tarde, esa misma noche, Kel se encontró de nuevo en los altares, como una lengua sondeando un diente adolorido. El altar de Sigh todo is ardía. "¿Quién podría estar alimentando el fuego? ¡Ninguno!" pensó Sigh. Miro su sacrificio. Curiosamente, las frutas y verduras de su ofrenda ya habían comenzado a pudrirse . Las piedras de Clay todavía descansaban sobre su altar, junto con un pedazo de piel. Kel envolvió las piedras en la piel y las colocó en su lomo. Si Dios no valorará la ofrenda de su padre, lo haría. Si se hubieran ido, tal vez su padre pensaría que el Señor se los había llevado a ellos también y se complacerán. Luego Kel se fue y se sentó de espalda al Árbol. Si ira continuó ardiendo como el altar de Sigh.

Palabras tranquilas aparecieron suavemente en su corazón , "¿ Por qué estás enojado?" No respondió, sino que simplemente apretó los dientes, pensando. "¿Era está una descendencia del gran árbol Chayeem después de todo?" Continuó en voz alta: "No aceptaste mi oferta como lo hiciste con mi hermano". El árbol respondió: "Ten cuidado con tu ira. No dejes que te lleve a donde no quieres ir. Debes tomar el control antes de que tome el control de ti" Kel escupió en el suelo: " La ira es solo una emoción, no puede controlarme". Se apartó del árbol y dejó las palabras detrás de él.

Durante toda la noche, sus pensamientos y sueños fueron problemas con imágenes de sangre y fuego a medida que crecía su amargura y resentimiento. Frutado por una noche casi sin dormir, se echó agua en la cara y se fue a su único lugar de consuelo, su jardín. Se arrastró y pateo el suelo por el camino, cubriendo sus sandalias con polvo, mientras caminaba por el camino hacia él. Cuando finalmente llegó, se sorprendió al encontrar a Sigh ya allí, acariciando las uvas en su viñedo. Tenía un racimo, recién recogido de la vid, agarrado casualmente en su mano, acariciandolos amorosamente por alguna razón.

Kel escupió las palabras: "¿Qué estás haciendo?" Sigh sobresaltado, sorprendido por el tono de voz de su hermano, accidentalmente aplastó las uvas cuando se volvió para encontrarlo. Los jugos rojos profundos goteaban como sangre en sus manos. "¿Hermano?" Sólo tuvo la palabra cuando su hermano lo interrumpió. Kel gruñó: " Has venido a regodearse después de la manifestación de ayer". Sigh dejo que el grupo aplastado se cayera al suelo y se enfrentara completamente a su hermano, emociones ilegibles cruzaron la cara de Kel.

"¿Qué derecho tienes de venir a mi jardín? ¿ No es suficiente para eclipsarme con tu sacrificio?" Su voz se elevaba. "Hermano, quise decir que no..." Mientras que Sigh buscaba palabras, Kel golpeó su dedo del pie en lo que parecía ser una roca del tamaño de un puño a sus pies.

La voz de Kel se estaba volviendo maníaca. "Siempre pensaste que eras mejor que yo . ¡Aunque eres el primogénito de tu padre tú eres el favorito de la madre!" Mientras se agachaba para agarrar la piedra negra. Encajaba en su mano como si estuviera hecha para ello. Mientras Kel se levantaba, Sigh susurró: "Pero hermano , yo nunca..." Antes de que pudiera terminar la oración, Kel levantó la mano y bajo la piedra sobre la gente de Sigh. Sigh cayo en las piernas de Kel. Kel lo golpeó una y otra vez hasta que Sigh se derrumbó en el suelo y todo lo que Kel pudo escuchar fue su propia respiración irregular . Arrojó la piedra lo más lejos que pudo, se qued allí sin aliento. Cuando la rabia disminuyó, miró sus manos ensangrentadas y la forma arrugada de su hermano a sus pies. La repulsión por lo que había hecho comenzó a vencerlo, y la bilis se le subió a la garganta. El comenzó a vomitar. Miro rápidamente a derecha e izquierda. No había nadie. "¿Qué he hecho?" Miro de nuevo. "¿Qué debo hacer?"

Comenzó ha formarse un plan cuando agarro a Sigh por los pies y lo arrastró sin ceremonias al cementerio. Rápidamente cavó un hoyo con las manos , rodó a Sigh en el hoyo y lo cubrió. Luego caminó de regreso a su altar. Que apropiado que su sacrificio rechazado cubriera la tumba de su hermano asesinado, en medio de las moscas y el hedor de la muerte. Volvió al árbol, arrancó una de sus ramas, la llevó a donde al había matado a su hermano y limpió el rastro de sangre con sus ramas.

Regreso a los altares, partió la rama en pedazos pequeños y los quemó en el altar de su hermano. Caminó rápidamente hacia el río y se lavó. "¡Ahí! ¡Está hecho! Nadie sabría lo que sucedió", pensó para si mismo mientras se lavaba una y otra vez. "¡Nunca, nunca, nunca!" Parecía que le habían quitado una gran carga de mis hombros. Ahora sería el primogénito y el favorito. Estaba equivocado.

Esa noche, Sigh no regresó de atender a sus ovejas a tiempo para la cena. Eso fue inusual. Entonces su madre y padre comenzaron a preocuparse. Kel dijo que no lo había visto en todo el día y comía sorprendentemente bien. El autoengaño es una cosa poderosa. Después de la cena, los tres volvieron a los tres altares y al Árbol. Clay noto que faltaban su trozo de piel y las piedras. Preocupado,habló: "Alguien ha quitado mis cuatro piedras de mi altar". Miro el altar de Kel y no que su ofrenda de productos también había desaparecido". Kel respondió astutamente, mirando el altar de Clay, "Me di cuenta de eso", volvió a mirar su altar, "Más temprano hoy, regrese aquí y descubrí que mis productos comenzaban a pudrirse. Asi que los removí. Dejarlos aquí pudriéndose parecían una ofensa para Dios. También noté que alguien debe estar atendiendo el altar de Sigh ya que todavía estaba ardiendo, pero con su desaparición olvidé mencionarlo". Clay y Dawn intercambiaron miradas preocupadas. Entonces el árbol habló con Kel, pero audible para todos ellos. "Kel, ¿Dónde esta Sigh tu hermano?" Se miraron con asombro, teñidos de un poco de miedo. Para Clay y Dawn, la voz sonaba igual que la de Dios. Kel respondió a la defensiva: "¿Cómo debería saberlo? ¿Es esté mi día para estar cuidando de el?. El árbol continuó: "Oigo la voz de su sangre que me grita desde el suelo. Kel,¿Qué has hecho?

Kel se derrumbó , temblando sobre sus rodillas. Aparentemente no había escondido nada. Una gran tristeza llenó la voz del Árbol cuando una nube bloqueó repentinamente el sol. "El suelo que se ha abierto para recibir la sangre tu hermano ya no se abrirá para ti. Mas bien serás un fugitivo y errante en la tierra." Kel levantó un puño hacia el árbol, sacudiéndolo mientras escupía las palabras: "¿Por qué no me matas, como hiciste con los primeros corderos para vestir a mis padres, como Sigh hizo con su cordero , como hizo con mi hermano? Se que que eres un Dios colérico. El árbol respondió con tanta autoridad compasiva que las lágrimas llenaron los ojos de todos, "¡No tienes idea de quién Soy!" "¡Entonces quien me matará!" Tartamudeó. "¡No!" Hablo el árbol. De repente, apareció una marca negra en la frente de Kel. Una marca de muerte en el lugar de una marca de nacimiento. Las palabras del Árbol hicieron eco: "¡Quien mate a Kel compartirá sus maldiciones siete veces!"

Capitulo 2
Errante

Cuando el sonido de las palabras del Árbol se disipó, Kel se levantó y se alejó tambaleándose de los altares, del Árbol y de la presencia de Dios. Había extinguido el "soplo de aire fresco" de sus padres y por eso fue desterrado para siempre vagar por las tierras de Agitación, sin consuelo ni consuelo. Pero debido a que era el hijo de Clay, la grandeza en él, aunque ahora retorcida, no le permitió perecer en el desierto. Más bien, desarrolló su propio estilo de vida, el de un vagabundo.

Mientras tanto, Clay y Dawn tuvieron otros hijos, pero ninguno de ellos reemplazó el dolor en sus corazones dejado por la pérdida de Sigh. Un niño, una hija llamada Hope, creció como una bendición especial para ambos. Sin embargo, como mujer, no podía ser la Prometida. Eso debe ser un hijo. Eso no le impidió ser excelente en todo lo que hacía, porque el favor del Señor estaba sobre ella. Tanto los humanos como los animales la amaban. En una tarde particularmente hermosa, mientras se metía en el jardín que una vez perteneció a Kel, el Árbol le habló. "Hope , tengo una tarea difícil para ti. Empaca algunas cosas, toma un poco de comida y viaja al este. Te mostraré el camino. Hope se arrodilló en el suave suelo del jardín frente al árbol, "¿Qué les digo a mi padre y a mi madre?" el Árbol continuó: "Puedes decirles simplemente que me ocuparé de ti" .

Hope hizo lo que el Árbol le había pedido. Empacó algunas cosas, un poco de comida y les dijo a sus padres que estaba viajando al Este bajo la guía y protección del Árbol. Lloraron, la besaron, la dejaron al cuidado del Árbol y ella comenzó a vagar hacia el este. Su viaje ese primer día transcurrió sin incidentes, aunque el joven camello, Beker, que la acompañó pensó que hacía un poco de calor allí en el desierto. Quizás deberían haber viajado durante la noche. Encontraron un oasis poco antes del anochecer, comieron algo de su comida y se acostaron a dormir. Hope había encontrado suficiente madera para iniciar una pequeña fogata. Acostada con la cabeza sobre el hombro de Beker, sacó una pequeña arpa que su padre había hecho para ella, comenzó a tocar una melodía simple y luego a cantar. Beker se unió y armonizó.

Me siento en medio de las estrellas de la tarde, contenta con la vida que da el Árbol, Él es (después de todo) el Árbol de la Vida, Chayeem es su nombre. Mientras deambulo cerca o lejos, felizmente abrazo lo que viene hoy. No importa si es bueno o malo, su luz y su amor son todos iguales. Él es el que veo al sol o encuentro en las nubes y la lluvia. Él es quien me trae alegría, su amor lo hace todo igual.

De repente, Beker se encogió y sobresaltó a Hope. No lo habían escuchado acercarse. Justo afuera del círculo de luz de fuego se encontraba un hombre del desierto. "Te oí...." Habló con dificultad. Hope sonrió, "Saludos, amigo". No dijo nada más. Ella continuó: "¡Necesitas saber que viajo bajo la protección del Gran Árbol, Chayeem!" Ella trató de sonar autoritaria. Se había estremecido notablemente ante el nombre del Árbol. "¿Vives por aquí?" Ella preguntó. "Unos ... pocos ... días ... más al este". Habló como si no estuviera acostumbrado a hacerlo. Ahora, mientras hablaba, intentó sonar y mantener la calma.

"Tengo un hermano que vive en esa dirección. Se llama Kel. ¿Quizás lo conoces? Se estremeció de nuevo, "Yo ... no he ... escuchado ... ese ... nombre ... en mucho tiempo. Ya no se le llama así, sino que se llama Halek, el vagabundo. Beker se unió, "Entonces, ¿lo conoces?" Ahora el hombre del desierto estaba sorprendido. Quizás no estaba acostumbrado a que los camellos hablaran. "He oído hablar de él, hay historias".

Beker estaba junto a Hope y se había movido un poco entre ella y el hombre del desierto. "¿Qué dicen estas historias?" él cuestionó. "Que vino del oeste, que sus padres crecieron en el jardín Delight que se encuentra más al oeste, donde el hombre ya no está permitido". Su discurso se estaba volviendo más fácil ahora. Beker ahora protegió por completo a Hope, "¿Y estas historias dicen por qué se fue?" El discurso del hombre del desierto se volvió a ralentizar, pero esta vez las palabras parecieron dolerle: "Solo que allí ... hubo ... algunos problemas y se fue debajo ... de una especie de ... nube". Recordando sus modales, preguntó: "¿Quieres algo de comida, algo de agua?" Dio un paso hacia la luz. Había un caballo detrás de él, aún envuelto en la oscuridad.

No sonrió del todo, pero su comportamiento se relajó un poco. "Sí, eso sería amable de tu parte". Ahora salió completamente a la luz del fuego y se quitó el turbante. La marca ennegrecida se destacaba claramente en su frente. Con un grito ahogado, Hope exclamó: "¿Eres Kel, mi hermano, el que ahora se llama el errante? El asintió. Su corazón estaba lleno de emociones en conflicto. Aquí estaba su hermano perdido, pero también el que dijeron que disgustó a Dios y asesinó a su hermano. Sin embargo, sintió cierta compasión por él. Su sonrisa se amplió un poco, "Sí, disculpa el pequeño engaño". Se sentó, cruzó las piernas, obviamente esperando que ella lo sirviera. A pesar de su aprensión, sintió el empujón del Árbol a hacerlo y se levantó. "¿Y tu caballo tiene nombre?" Ella sonrió un poco al caballo. “Se llama Choom”. Ahora sonriendo ampliamente, “Beker, ¿podrías mostrarle a Choom al agua? Estaré bien aquí. Él es, después de todo, familia. De mala gana, Beker se apartó de su lado, “Choom, si quieres seguirme”. El caballo y el camello viajaron al agua y bebieron profundamente, mientras Hope servía a Kel lo que quedaba de su comida. A la mañana siguiente, Hope sintió el impulso del Árbol de unirse a Kel en su deambular. Con el tiempo, cuando Kel comenzó a comprender qué maravilla era Hope, se convirtieron en algo más que familiares, se hicieron amigos. En parte por necesidad y en parte porque ella parecía disfrutarlo así, él le enseñó lo que había aprendido de la artesanía en madera. Cuando su corazón comenzó a sanar bajo su toque, la marca en su frente disminuyó, y en una noche iluminada por las estrellas ella consintió en ser su esposa. Ella finalmente le dio un hijo, un niño maravilloso, pero esa es otra historia.

Capitulo 3
La Historia

Clay y Dawn habían perdido a sus dos primogénitos y se lamentaron por ellos y por la aparente pérdida de la promesa. Se afligieron profundamente y por mucho tiempo y, sin embargo, en medio de su consuelo, otro niño fue concebido entre ellos. En la plenitud de los tiempos nació el hijo de Clay y Dawn, un hijo para tomar el lugar de Sigh, a quien habían perdido. Debido a que él estableció en sus corazones el lugar que anteriormente ocupaba Sigh, lo llamaron "Set". Set creció a favor de Dios, el hombre, e incluso el favor de los animales estaba sobre él.

Un día, mientras se sentaban debajo de un árbol, junto al río, al fresco de la tarde, Clay compartió una historia con su pequeño hijo Set. Él dijo: "Al principio, cuando las estrellas de la mañana cantaban de alegría y los hijos de Dios gritaban con ellas, se designaba una estrella para brillar sobre Delight. Era especial, el arcángel ungido, elegido para proporcionar la luz de cobertura, la belleza y la música para el Árbol de la Vida y todo el jardin Delight, pero su posición exaltada se convirtió en su ruina y corrompió su corazón. Oscurecido, lideró una rebelión contra Dios mismo y fue arrojado del cielo. Él vivió en el Árbol del Saber hasta que también cayó de esa posición y fue expulsado del jardín. Había engañado a tu madre para que comiera del Árbol del Conocimiento contra el mandato explícito de Dios. Yo también elegí comer de él. Por eso los dos fuimos expulsados del jardín. Sin embargo, antes de irnos, nos prometieron que llegaría el día en que Dios enviaría a un hombre, perfecto como yo, que restauraría todas las cosas. Otra estrella, un ángel humilde de corazón, fue asignado para cubrir el Árbol y el Jardín. Este ángel prometió aparecer una vez más al mundo y preceder a la venida del Prometido". Clay continuó: "Entonces, debemos estar siempre vigilantes, siempre vigilantes, porque no sabemos cuándo llegará este heraldo de su venida". Set sonrió cuando respondió: "Padre, ¿quizás deberíamos incluir una ceremonia simple en nuestro recuerdo semanal del sábado? ¿Una ceremonia que recuerde a Delight, Chayeem, y la estrella que procederá con la llegada del Prometido? Clay estaba contento con la respuesta de su hijo y el próximo sábado añadieron la ceremonia, tal como Set había sugerido.

Capitulo 4
Los Magos (Maestros)

Sepheth (Seph): Maestro de los idiomas

El recuerdo de Delight y el Arbol se ha transmitido de generación en generación hasta este mismo día, cuando los tres Maestros tenían su reunión semanal. Se están reuniendo en Sapheth's, la Escuela de Maestría en Idiomas. Los saludó en la puerta. "Señores, bienvenidos, espero que nos reunamos cada semana".

Raz, el Maestro de los Misterios, respondió: "Sí, nuestro tiempo juntos siempre es lo más destacado para mí también". Y Chokma, el Maestro de Religiones, agregó: "Y tan difícil como es para mí hacer ... Estoy de acuerdo, por una vez, con los dos". Cuando encontraron sus asientos habituales, Lady Hannah se deslizó con una sonrisa, llevando una bandeja con copas de vino y un tazón de fruta cortada. Al darse cuenta de su entrada, Seph cariñosamente dijo: "Ah, Lady Hannah, la mejor parte de cualquier día eres tú y, por supuesto, lo que llevas". Riendo, colocó la bandeja delante de los tres, se inclinó ligeramente y salió de la habitación. Raz se dirigió a Seph, "¿Has traído el rollo sagrado?" Frunciendo el ceño, Seph respondió: "Por supuesto que lo hice. En todas nuestras reuniones, ¿alguna vez lo he olvidado? Chok se rió entre dientes, "Solo que muchas veces para recordar, me temo". El ceño de Seph se suavizó y luego se convirtió en risa. Más en serio, Raz habló con reverencia: "Bueno, adelante, lee de él. Aunque todos sabemos de memoria lo que dice ". Seph se aclaró la garganta varias veces, para resaltar la importancia de lo que estaba a punto de leer. "Ejem, ejem, ejem. Desde los albores del tiempo, el fruto del Árbol de la Vida ... ", hizo una pausa," ¿Te he dicho alguna vez el significado del nombre del Árbol de la Vida, Chayeem? " Chok alzó las cejas, "Sí, tienes a Seph, pero sigue adelante, parece que disfrutas mucho repitiéndote". Seph aumentó la gravedad de su tono, "La traducción literal es plural. Entonces, podrías decir que realmente es el árbol de las Vidas, o respiraciones, jadeos o vientos, o incluso podrías decir que significa Ja, ja, jajajaja, sonrio. Sé que casi parece irreverente, pero es bueno saber que el Dios del Universo también tiene sentido del humor. Supongo que debería esperarse que lo haga, ya que Él es el creador y la fuente del humor ".

Chok agregó rápidamente: "Y, después de todo, Él te creó. Eso definitivamente demuestra que tiene sentido del humor ". Seph frunció el ceño mientras los otros dos se reían. Luego continuó casi regiamente: "El fruto del Árbol de la Vida en el jardín fue comido por cada criatura viviente; hombre, animales y ángeles, y les proporcionó toda la vida interior que les permitió comunicarse entre ellos ". "Como maestro de idiomas lo agradecerías, Seph", intervino Raz, coincidiendo con la gravedad de Seph, "que no había un lenguaje universal, sino que fue el Árbol de la Vida lo que les trajo una comprensión unificada, el uno del otro". Seph miró fijamente a Raz, "Y como Maestro de los Misterios, agradecerías el misterio de esa experiencia". Continuó leyendo del pergamino, "Y así, para conmemorar el asombro y la maravilla del Árbol Único, celebramos y recordamos la eficacia de Su fruto al participar del fruto de nuestros trabajos". Cada uno de ellos tomó una pieza de fruta del tazón, la levantó y dijo al unísono: "Te agradecemos a Dios Todopoderoso, Rey del Universo, por responder a nuestros trabajos al proporcionar esta fruta". Cada uno comió la fruta. Seph tomó la delantera nuevamente mientras levantaba una taza. "Y nosotros, tus hijos, alabamos tu gran nombre levantando la copa y bebiendo del fruto de la vid". Los otros dos levantaron sus tazas, tomaron un sorbo, y luego todos repitieron al unísono nuevamente. "Estamos agradecidos por su provisión de todo lo que necesitamos, todos los días".

Drenaron sus tazas y luego las volvieron a colocar sobre la mesa. Chok suspiró mientras cerraba los ojos, "Sí, siempre he apreciado esta ceremonia, pero ahora, a otras cosas. Seph, mencionaste que habías encontrado un manuscrito antiguo. Seph sonrió con picardía: "Sí, pero es solo un fragmento de uno, escrito en un idioma con el que no estaba familiarizado. Parece ligeramente hebraico, pero es anterior a cualquier cosa que haya visto antes. Creo, sin embargo, que he sido capaz de reconstruir algo de eso ". Raz intervino, "¿Y qué has podido reconstruir?" La sonrisa de Seph se amplió, "Habla de una estrella o un ángel, no estoy seguro de a qué se refiere el término, que estaba presente en el" Jardín Delight , con una relación especial con el Árbol de la Vida ". Los ojos de Chok estaban bien abiertos ahora, "Un ángel, ¿qué dice sobre este ángel? Seph continuó: "Parece decir que este ángel, si eso es lo que es, vendrá de nuevo y precederá la venida del Prometido, el hombre que provoca la liberación de todo lo que está mal en el mundo y restaura todas las cosas a su estado original de pureza y belleza ". "Entonces, ¿es una profecía del regreso de este ángel?" cuestionó Raz. "Así parece. Él o la estrella, no estoy seguro ". Seph respondió. Chok volvió a cerrar los ojos. "Las religiones también contienen indicios de tal evento. Se llama con diferentes nombres, pero en cada caso se enfoca en la reconciliación de la relación entre Dios y el hombre. Habla del sacrificio final que hará que todo vuelva a estar bien. Será la venida del rey de la justicia ".

Raz, combinaba con el majestuoso tono de Chok. "Los misterios también apuntan a un evento tan trascendental. Se ha debido incluso al comer la fruta y al beber la copa que hemos tomado esta noche y que lo hacemos juntos cada semana; predice un retorno a la inocencia y pureza de nuestra relación con el Árbol Único, Chayeem, el Árbol de la Vida ". Seph, al mando recuperó el liderazgo de la conversación. "Entonces, unámonos en una actitud de oración mientras cantamos la" Canción del árbol único ", y cantaron los cuatro versos en tres partes de armonía, uniéndose al unísono en el coro.

La luz era joven y el jardín nuevo Antes de que hubiera maldad y lucha En los días de la antigüedad, cuando creció el Árbol Único En medio, se encontraba el Árbol de la Vida.

Estribillo: Ayúdanos a regresar a esos días benditos Antes de que hubiera oscuridad, sufrimiento y dolor

Ayúdanos a volver a cuando todas las cosas eran nuevas Para estar sin vergüenza debajo del Árbol Único nuevamente.

El Arcángel cayó de su propio lugar de gracia Debido a su belleza y orgullo Luego tentó al hombre a apartarse del rostro de Dios Y ambos desobedecieron y murieron. Ahora todo está caído y bajo una maldición. La oscuridad ha cubierto la tierra. Y sin embargo, hay esperanza de que Dios haya enviado un verso. Una promesa de que Dios restaurará al hombre.La gracia de Dios y su misericordia florecerán de nuevo a medida que todas las cosas vuelvan a ser nuevas Cuando Dios quita el reproche de nuestra carne y paga la deuda de nuestro pecado.

Estribillo: Ayúdanos a regresar a esos días benditos Antes de que hubiera oscuridad, sufrimiento y dolor Ayúdanos a volver a cuando todas las cosas eran nuevas Para estar sin vergüenza debajo del Árbol Único nuevamente.

Mientras sus voces sostenían la última nota del coro final, Hannah entró en silencio para volver a llenar sus tazas. Cuando se dio vuelta para irse, se detuvo abruptamente. Algo había llamado su atención. Cuando comenzó a darse la vuelta, una porción entera de la habitación se había inundado de luz de una fuente desconocida. ¡Una voz poderosa habló desde la luz! “Soy Uriel y estoy ante Él, quién fue, quién es y quién siempre será”. Los tres hombres se encogieron de miedo, pero Hannah completó su turno, se arrodilló y, en una mezcla de éxtasis y asombro, se enfrentó a lo que parecía ser un ángel. La voz de Uriel hizo eco en toda la habitación: “He venido, como se me ordenó, para traerte buenas noticias. Aquel de quien se habló hace tanto tiempo, Aquel que se ha predicho, el cumplidor de todo lo que se prometió, ha nacido en las tierras del Oeste, y te traeré a Él. No soy más que un pálido reflejo de la luz que Él traerá a su pueblo, Israel, y luego a toda la humanidad. Por lo tanto, para guiarte a Él, he venido". Tan pronto como la luz y el ángel aparecieron, como una vela apagada, tanto la luz como el ángel se habían ido.

Hannah recuperó la compostura primero, "¡Guau! ¡Eso fue increíble! Seph, todavía visiblemente conmocionado, dijo: "¿Es eso lo que se supone que se siente cuando se cumple la profecía? ¿Como si te hubieran dado un puñetazo en el estómago? La voz de Raz estaba empezando a convertirse en asombro de Hannah cuando dijo: "No estoy seguro de haber estado presente alguna vez en el cumplimiento de la profecía, así que no estoy seguro de cómo se supone que debe sentirse, pero el ángel de Dios habla a nosotros ... Dejó la frase colgando.

Chok continuó donde lo dejó, "Bueno, creo que el asombro se supone que es" ¡Ah! " con un poco de asombro extra por si acaso ". Se rio entre dientes. Finalmente recuperando la compostura, Seph agregó a la conversación. "Este es mi primer encuentro con un ángel, pero estoy un poco confundido. Dijo que se suponía que debía guiarnos al Prometido y luego desapareció. ¿Le parece extraño a cualquiera de ustedes? Hannah lanzó en su opinión: "Ummm, él es un ángel. No creo que sea responsable ante nosotros ". "Hannah tiene razón, Seph", comentó Raz. "Lo sé, lo sé, pero ¿qué hacemos después?" Chok casi suplicó. "Tal vez deberíamos preguntarle". Y señaló hacia arriba. Él comenzó: "Dios todopoderoso eterno del universo ...". Seph lo interrumpió. "No creo que necesites ensayar su pedigrí completo. Creo que puedes hablar con Él, como si estuviera aquí, porque lo está ". Raz dijo de manera objetiva: "Dios, nos enviaste a tu ángel, Uriel. ¿Qué te gustaría que hiciéramos ahora, además de esperar? Hannah intervino: "Estoy bastante segura de que Él solo quiere que esperemos". Raz preguntó: "¿Alguien más?" Chok agregó: "Estoy de acuerdo con Hannah, solo esperar tiene mucho sentido".

Seph pensó por un momento, luego propuso. "¿Qué

tal si también investigamos un poco? Como la mejor ruta que podríamos tomar hacia Israel, ya que él lo mencionó. ¿También lo que podríamos necesitar para el viaje, teniendo en cuenta la época del año y todo? Raz habló: “Sí, eso no podría doler”. Seph volvió a tener el control. “Hannah, ¿quieres comenzar a buscar comida y alojamiento en el camino a Israel?” “Claro que puedo hacer eso”. Seph continuó: “Buscaré en mi Biblioteca cualquier otra cosa que pueda ayudarnos”. “Si bien consultaré a nuestra sociedad de misterios para cualquier otra pista posible ...”, ofreció Raz. “Y hablaré con mis hermanos religiosos y veré si pueden arrojar alguna luz adicional sobre esto”. ofreció a Chok Los tres Maestros se pusieron de pie, se abrazaron, y luego Raz y Chok se fueron sin sus despedidas habituales.

Capitulo 5
Preparaciones

Si bien comenzaron los preparativos para un viaje que no entendieron completamente, cada uno lo hizo de la manera que mejor entendieron. Descubrieron que no había evidencia previa de un ángel llamado Uriel en ninguno de los escritos antiguos que estaban disponibles. Sin embargo, había una cantidad significativa de evidencia con respecto a una persona llamada "el Prometido", que él sería el hombre que traería paz al mundo y un reino eterno. Después de seis días, toda su planificación y preparación finalmente se completó. Ahora estaban listos para partir en cualquier momento. Los Tres Maestros se reunieron nuevamente para su reunión semanal y la ceremonia del One Tree. Habiéndolo completado. Hannah entró para reponer sus bebidas solo para descubrir que el ángel Uriel se había unido a ellos nuevamente. Esta vez no era un imponente ser de ocho codos de alto cuyo resplandor creaba más miedo que temor. Esta vez apareció como un hombre viejo, pero todavía lo reconocieron. Hannah dejó la jarra y los cuencos mientras decía: "Maestro Uriel, ¿puedo traerle algo de beber?" El ángel respondió: "Gracias Hannah, eso sería muy agradable y traer una taza para ti". Ella se volvió para irse mientras él continuaba: "Y Hannah, no hay necesidad dellamame maestro Simplemente soy un sirviente del Altísimo como tú ". Hannah se fue y regresó con dos tazas. Habían acercado una quinta silla a la mesa. Todos se pusieron de pie y Uriel le indicó que se sentara en la silla vacía a su lado. Ella lo hizo y él llenó las dos tazas. Seph continuó: "Uriel, ¿estabas diciendo?" Uriel continuó: "Sí, creo que casi has terminado todos tus preparativos y justo a tiempo, ya que tenemos que irnos esta noche. Viajaremos inicialmente al amparo de la oscuridad para evitar avisos indebidos. Nuestra misión no es particularmente clandestina, pero hay quienes intentarían frustrar su propósito. Pagará que seamos cautelosos ". Raz se inclinó para susurrarle a Chok: "¿Siempre va a hablar en acertijos?" Uriel respondió a su susurro: "Escuché eso Raz". "Lo siento, señor, no quise faltarle al respeto ni a la ofensa". Raz se disculpó. Uriel se rio entre dientes. "No es un problema, ninguno tomado". Seph interrumpió el flujo de cosas. "Dado que vamos a Israel, ¿supongo que nos detendremos en Jerusalén?" "En este punto, esa es probablemente una suposición válida". Dijo Uriel. Chok preguntó: "¿Está familiarizado con la ruta que hemos planeado?" Dirigiéndose a él, Uriel respondió: "Sí, y es un buen plan". "¿Y vas a ir con nosotros?" asumió Raz. La sonrisa de Uriel se desvaneció un poco. "Sí, aunque normalmente no podrás verme, estaré contigo. Puedes depender de eso. Y desapareció de la vista. Se miraron de uno a otro y Seph habló: "Sus idas y venidas son un poco desconcertantes". Suspiró visiblemente. "¿Qué nos queda por hacer para estar listos?"

Hannah respondió primero: "Creo que todo lo que nos queda por hacer es empacar nuestros suministros individuales, cargar los caballos y estamos listos para partir". Raz agregó: "Dado que Uriel nos tiene viajando de noche, supongo que eso significa que estaremos durmiendo durante el día y que tendremos que vigilar nuestras carpas por turnos". Seph estuvo de acuerdo.

"Sí, eso es probablemente cierto. Hannah, ¿puedes hacer la primera guardia cada día después de que hayamos instalado las carpas y hayas acostado a los animales? "Sí, eso debería funcionar bien". Ella añadió. "Siempre y cuando no tenga que hacer toda la cocina también". Chok gruñó: "No duermo muy bien durante el día". Seph respondió a su vez, "Eso está bien, esta es una misión, no unas vacaciones, lidiar con eso". Luego se echó a reír. Chok todavía se quejó. "Yo solo decía." Raz intervino, "Lo haremos bien, Chok. Solo recuerda a quién vamos a ver, el Prometido, y Uriel estará con nosotros, incluso si no podemos verlo. ¿Qué podría salir mal?" Chok respondió pesimista: "Todo tipo de cosas podrían salir mal; bandidos, mal tiempo, una variedad de calamidades personales ... "bromeó Seph," Y alguien que se preocupa como una anciana, sin ofender a Hannah. Una sonrisa apareció en el rostro de Hannah. "No pensé que estabas hablando de mí, no soy tan viejo". Y ella se rió abiertamente. Raz se unió a la risa, "Ja, ja, ja ..." Y luego su tono cambió y se volvió más serio, "Si realmente nos encontramos con el Prometido, ¿no se esperaría que le trajéramos regalos?" "Sin duda, regalos de acuerdo con su majestuosa estatura y me temo que no tengo nada digno de esa persona". Chok se preocupó.

La sonrisa de Seph se ensanchó de nuevo, "Bueno, no tienes mucho tiempo para resolverlo. Nos vamos tan pronto como estemos empacados. Creo que simplemente deberías preguntarle a él ". Y señaló hacia arriba como Chok había hecho antes. Raz también sonrió, "¡Touche' Chokmah! "Mientras los demás se iban a preparar, Hannah cantó, reverentemente en un susurro:

Preparándose para una misión, de la que sabemos poco y haciendo lo necesario, haciendo lo que debemos. No saber a dónde vamos hace que sea un poco difícil. Seguir al mensajero debería ayudar a construir nuestra confianza.

Coro: Nos preparamos, para que podamos ir, y él prepara el camino. Preparamos cosas prácticas, él prepara el resto. Nos preparamos para seguirlo, cada palabra que él pueda decir. En todo lo que estemos preparados y esperamos que el resto sea bendecido. Él representa al Prometido, que está haciendo nuevas todas las cosas. El que nos trae de vuelta a Dios, el que ha sido de antaño. Nos lleva a donde estará, a veces sin sus alas. La estrella del ángel que muestra el camino, que Clay una vez predijo.

Viajamos de incógnito, viajamos de noche Siguiendo a un ángel que generalmente no podemos ver Estamos viajando en la oscuridad, buscando la luz Esperando que nos lleve a donde necesitamos estar.

Salieron esa noche para comenzar su viaje. Durmiendo de día, los tres Maestros y la Dama lograron la primera etapa de su viaje sin incidentes. Aunque estaban en una misión para encontrar al Prometido, a veces parecía que estaban de vacaciones. Contaban historias, a menudo entre sí, y relataban las leyendas de antaño. También leyeron de una copia de las antiguas Escrituras hebreas que habían traído consigo, cómo Dios había rescatado a Su pueblo en ocasiones demasiado numerosas para mencionarlo y cómo había prometido hacerlo nuevamente. Esta era a quien buscaban, el salvador, el redentor, el Libertador.

Capitulo 6
Temprano una Noche

Mientras los tres Maestros montaron las carpas y descargaron lo que necesitaban de los caballos, Hannah se acomodó los caballos para el día y tomó la primera guardia mientras los Maestros dormían. A menudo también tenía el último reloj, como lo hizo esta tarde. Estaban lo suficientemente lejos de la carretera principal como para pensar que no serían molestados por muchos viajeros y, sin embargo, todavía había algunos que los descubrieron por simple curiosidad. Hannah había escuchado a uno de los caballos quejarse. Un extraño se paró en los árboles, observando el campamento. Como el fuego estaba entre ellos, no podía verla. Sigilosamente, Hannah regresó a la oscuridad más profunda, rodeó a su alrededor y se aclaró la garganta. "¡Ejem!"

El hombre giró rápidamente y desenvainó su espada en un solo movimiento fluido. Su liberación de la vaina y el arco oscilante produjo un acorde de música dolorosamente dulce. Hannah quedó momentáneamente asombrada por la canción de la espada, pero rápidamente se recuperó: "¿Qué quieres?" El comportamiento desafiante del extraño se suavizó de manera medible. "Oh, es una mujer", dijo mientras envainaba su espada y la música cesó.

Ella continuó: "Mi pregunta sigue sin respuesta".

Una leve sonrisa adornó la cara del extraño. "No quise hacerle daño, señorita. Me topé con su campamento aquí, tan lejos de la carretera a primera hora de la tarde, y quedé perplejo". Era difícil no devolverle la sonrisa, pero Hannah se las arregló. "No es un gran rompecabezas. Somos beduinos del desierto. Estamos acostumbrados a viajar de noche cuando hace más frío. El resto de nosotros estaremos despiertos en breve ", dijo con cautela. Seguía perplejo. "Ah, ¿pero ya no estás en el desierto y aún así continúas viajando de noche?" Una leve sonrisa finalmente comenzó a adornar la cara de Hannah. "Los viejos hábitos mueren con dificultad". "¿Y te dejaron a ti, una mujer, vigilar su campamento?" El desconcierto del desconocido se profundizó. También su sonrisa. "Señor, usted no me conoce. Puedo ser más capaz de lo que parezco ". El tono del extraño se volvió un poco sarcástico. "Lo dudo, pero déjame presentarme ..." Mientras extendía su mano.

Ella lo agarró rápidamente de una manera peculiar, y el extraño se encontró de rodillas con un dolor incapacitante. Ella soltó su mano y respondió: "Lo siento, ¿te presentabas?" Sacudiendo su mano, lentamente se puso de pie, miró su mano y luego otra vez a ella. "Creo que estoy más triste que tú". Masajeando sus dedos, palma, muñeca, continuó, "Parece que te he juzgado mal". Era su turno para el sarcasmo: "Tú y la mayoría de tu género". "Soy Mishimar". Se inclinó un poco. "¿Puedo preguntar a dónde te diriges", se rió entre dientes, "... por la noche?" Hannah se volvió hacia los caballos. "Inicialmente nos dirigimos a Jerusalén". Un poco tímido, respondió: "Iba a ofrecer mis servicios como guardia, lo que obviamente no necesita, pero todavía me pregunto si podría viajar con usted. A menudo hay una mayor seguridad en los números, en lugar de cuando uno viaja solo ".

"Bueno, creo que hablo por el resto de nosotros que ustedes son bienvenidos al menos para acompañarnos en nuestra comida. Quizás puedas explicar cómo llegaste a poseer una de las espadas cantantes. ¿Tienes un caballo? El asintió. "Entonces, si quieres ir a buscarlo, me aseguraré de que los demás estén despiertos y comenzaré a preparar nuestra comida". "Gracias", dijo mientras se giraba para irse. Antes de que Hannah pudiera despertar a los demás, fue interceptada en su camino de regreso por Uriel, quien apareció nuevamente como un anciano. "¿Quien era ese?" Señaló en la dirección en que Mishimar se había ido. "Ese es Mishimar, un soldado de algún tipo", respondió ella. "Le gustaría viajar con nosotros a Jerusalén". "Ah". Ahora Uriel sonrió. "Me preguntaba cuándo finalmente se pondría en contacto con nosotros. Nos ha estado siguiendo ". Hannah estaba sorprendida. "¿Pensé que nos estabas protegiendo de personas como él?" Uriel se rio entre dientes. "Y yo soy. Ser invisible tiene sus ventajas y mis sentidos son más agudos que los tuyos. No estando tan limitado por el espacio como tú, lo he estado revisando durante los últimos días. Hannah preguntó: "¿Estará bien tenerlo con nosotros? No planea robarnos ni nada, ¿verdad? " Uriel, todavía riéndose ligeramente, respondió: "No, estará bien. De hecho, tenerlo con nosotros será una ventaja para nosotros. Como acabas de presenciar, no pareces ser un elemento disuasorio, ser una mujer, pero tener un soldado con nosotros nos hará ver más formidables y proporcionará una capa adicional de seguridad para nuestro viaje ". Su interrogatorio continuó. "Él tiene una de las espadas que cantan". "Sí, él lo hace." Uriel respondió, más bien de manera casual.

"Pero, ¿de dónde vendría uno de esos?" ella preguntó. Esa es una pregunta que debes hacerle a tu amigo soldado ". Y se fue. Sin tratar de parecer presuntuoso, Mishimar regresó a su campamento y lo rompió, empacó su equipo y regresó con su caballo, listo para viajar. Cuando Hannah regresó a sus tiendas, descubrió que Seph había reavivado el fuego y tenía agua hirviendo. Rápidamente preparó su sencillo desayuno y lo estaba sirviendo mientras se ponía el sol, el anochecer se hacía más profundo y Mishimar se acercó conduciendo un hermoso semental negro. Hannah había compartido con los tres sobre su reunión con él y con Uriel de una manera superficial, pero una mirada a su caballo y ella sabía mucho más sobre este misterioso extraño. Hannah le presentó a ellos: "Caballeros, este es Mishimar, a quien acabo de conocer e invité a comer con nosotros. Le gustaría que consideraras permitirle que nos acompañe a Jerusalén. Seph, Raz y Chok estaban sentados alrededor de su pequeña fogata con sus platos en las manos. Los tres dejaron los platos, se pusieron de pie y avanzaron para saludarlo, con las manos derechas extendidas. Todos parecían un poco avanzados en años, pero después de su experiencia con Hannah Mishimar se acercó a cada apretón de manos con precaución. Lo que sucedió lo sorprendió de todos modos. Seph agarró su mano, lo abrazó y lo besó en ambas mejillas. Hannah nos ha contado un poco sobre ti y parece que te considera una amiga. Si te estás convirtiendo en una amiga para ella, también te convertirás en la nuestra. Raz hizo lo mismo y lo abrazó con una sonrisa: "Parece que Uriel también te acepta y eso lo dice todo en tu nombre".

Mishimar se echó hacia atrás y preguntó: "¿Uriel?"Raz continuó: "Él también viaja con nosotros, pero", y miró a su alrededor, "No lo veo en este momento". La sonrisa de Chok fue un poco forzada cuando él también abrazó a su nuevo amigo, "Espero que hayas traído tus propias raciones". Mishimar se separó de Chok y los miró a los cuatro. "¿Entonces puedo acompañarte?" Todos asintieron y Hannah agregó: "Aquí, déjame tener tu caballo". Ella extendió una mano por las riendas. "Por favor, siéntate y comparte nuestra comida". Su propia sonrisa se profundizó cuando él le entregó las riendas y se sentó con los hombres mientras ella caminaba con su caballo de regreso a donde estaban los suyos. Sobre su hombro ella gritó: "¿Cómo se llama?" "Zillah", respondió. "Ah", casi cantó mientras acurrucaba su cabeza en su cuello y lo rascaba detrás de la oreja. "Sombra, eso parece apropiado para un caballo que viaja con nosotros por la noche". Zillah se burló.

Capitulo 7
Otra Espada de Canto

Mientras Hannah se había ido, los tres compartieron con Mishimar los elementos básicos de su historia: que eran maestros del lenguaje, la religión y los misterios. Que eran los guardianes de la ceremonia de Un Árbol que incluía el regreso del Prometido que haría todas las cosas nuevas. Que el regreso del Uno estaría precedido por la aparición de un ángel / estrella que originalmente había cubierto el jardín de Delight y el Arbol el mismo ángel, Uriel, se les había aparecido y ahora los conducía a Israel y al Prometido. Mishimar hizo muy pocas preguntas. Él solo asintió con la cabeza en los momentos apropiados mientras hablaban y luego, cuando terminaron, finalmente dijo: "Entonces, me siento aún más honrado de unirme a ustedes en ese viaje. El destino debe haberme guiado hacia ti.

Seph lo corrigió, "No creemos en el destino. Creemos en Chayeem y si Él te ha guiado hasta nosotros, nos complace que te unas a nosotros ". Mishimar asintió cuando Hannah se unió a ellos. Todavía estaba un poco asombrada de su caballo. "Ese es realmente un caballo maravilloso que has traído contigo". Su sonrisa llegó fácilmente y ella comenzó a pensar, a menudo, "No estoy seguro de quién trajo a quién. Hemos estado juntos desde que mi padre me lo regaló hace diez años. Él fue un regalo en mi decimoctavo cumpleaños, al igual que la espada que llevo.

Su asombro se hizo más profundo: “No habría imaginado que fuera tan viejo”. “No estoy seguro de que envejezca, aunque estoy seguro de que sí. Verá, no tuve la oportunidad de preguntarle a mi padre de dónde venía el caballo. Estábamos celebrando el logro de mi madurez cuando nuestro hogar fue atacado. Mi padre y toda nuestra familia, sirvientes y todo, fueron destruidos. Yo solo escapé en el caballo, con la espada. Una lágrima repentina adornaba la mejilla de Hannah, “Lo siento ...” Él interrumpió, “Gracias, pero no tienes que estarlo. Mi padre y mi familia habían vivido una vida plena y maravillosa y ahora viven una vida aún mejor, al unirse a Chayeem “. Se giró hacia Seph. “Lamento el pequeño engaño, Seph, pero tampoco creo en el destino. Fue solo mi pequeño intento de asegurarme de que realmente lo conocieras y no solo de seguidores de la religión, los misterios y los idiomas “.

Se miraron el uno al otro y asintieron entendiendo mientras él continuaba. “Y estoy seguro de que te estás preguntando acerca de mi espada”. Asintieron nuevamente. “La leyenda dice que hubo siete espadas de canto forjadas antes de que el mundo comenzara y que fueron entregadas a los arcángeles. Durante la rebelión de Halel, dos de las espadas cayeron con los Nephilim y una se perdió cuando R’gel fue asesinado “. Seph lo interrumpió, “Eso es más que una simple leyenda. La historia se corrobora en varios manuscritos antiguos. Uno de los relatos más fuertes y completos que se dan en las Crónicas de los Elohim “. Mishimar lo miró con más severidad de lo que pretendía. “¿Puedo continuar?” “Si. Lamento haberte interrumpido.

“También hay una leyenda sobre lo que le sucedió a la espada de canto que cayó con uno de los Nephilim. El antiguo ángel al que pertenecía la espada tenía relaciones con una mujer moabita. Nació un hijo bastardo y se llamó Goliat, el exiliado. Probablemente lo llamaron así porque parecía solo medio humano, su madre afirmaba que se había acostado con un dios. Cuando Goliat alcanzó su madurez y tenía más de seis codos de altura, luchó y mató a un Ariel con las manos desnudas. Los Ariels son seres con forma de león que adoran los moabitas. Su asesinato, especialmente con las manos desnudas, confirmó su semi-divinidad a los moabitas. En la celebración de esta hazaña y su entrada en la madurez, fue visitado por un ángel de belleza indescriptible y se le entregó la espada cantante que había pertenecido a su padre ". Seph no pudo evitarlo. "¿Goliat, el gigante, tenía una de las espadas de canto originales?" "Sí", continuó Mishimar. "Como registran sus antiguas escrituras hebreas, después de que David lo dejó inconsciente con la piedra de su honda, lo mató cortándole la cabeza".

"¿Y qué pasó con la espada?" Seph estaba casi fuera de sí de emoción. "David tomó la espada y la colocó en el tabernáculo como un trofeo al poder y la fidelidad de Dios, donde permaneció hasta que la recuperó un día mientras huía del rey Saúl". Chok intervino: "Recuerdo esa historia. Se detuvo en Nob con los que huían con él y le pidió algo de comida al sacerdote Ahimelec. Ahimelec le dio el viejo pan de la proposición. David también le pidió a Ahimelec un arma, porque en su apuro por irse no había traído una, y el sacerdote dijo: "La espada de Goliat está aquí, pero ninguna otra". Puedes tomarlo ", y David respondió:" Dámelo. No hay ninguno igual. "Siempre me pregunté qué significaba eso," No hay ninguno igual ".

Supuse que era solo porque era grande, pero su tamaño nunca se mencionó, solo el tamaño de la lanza de Goliat ". "Bueno", continuó Mishimar, "ahora lo sabes. David lo tomó. La leyenda dice que más tarde se lo dio a su hijo Salomón y cuando las esposas de Salomón lo llevaron por mal camino, dedicó la espada al dios moabita, Chemosh el conquistador, y la colocó en su santuario. Muchos años después, antes de que Israel fuera saqueado, Jeremías fue llevado a escapar con el tabernáculo y el Arca del Pacto que escondió en una cueva en el monte. Nebo También se rumoreaba que se fue La espada de Goliat también allí, cubierta y camuflada de alguna manera ". "Estuvo escondido allí durante muchos años, hasta que, un día, en medio de una tormenta, mi abuelo, Matthan, se refugió en una cueva. Dentro tropezó con unos huesos viejos. Mientras los miraba en la oscuridad cercana, pensó que vio un bastón envuelto en una tela vieja. Cuando se inclinó para recogerlo, se golpeó la cabeza con algo que sobresalía de la pared, pero casi invisible, ya que estaba cubierto de algún tipo de material camuflado. Cuando retiró la tela, la empuñadura de la espada sobresalía del sedimento de piedra de la cueva. "¿Y entonces qué pasó?" Fue el turno de Hannah para saltar.

Con otra de sus sonrisas, respondió: "Esa es probablemente una historia para otro momento. Deberíamos empacar y viajar. Aceptó a regañadientes. Mishimar ayudó a Hanna a limpiar y empacar los platos y en poco tiempo estaban todos en el camino.

Capitulo 8
En el Camino

Su viaje pronto se instaló en una rutina medida. Mishimar, en su increíble semental, exploraría por delante. Hasta qué punto los descubrió nunca estuvieron seguros, pero debió haber sido lo suficientemente lejos porque nunca hubo ningún problema. En cualquier caso, otros viajeros nocturnos eran pocos y los que conocían no representaban una amenaza para su pequeño grupo. Era para su crédito que habían disfrazado su prosperidad material y se habían dado la apariencia de no ser ricos sin parecer que estaban tratando de no parecer ricos. Con Mishimar explorando por delante, Hannah se quedó atrás. Para un observador casual, podría parecer que los tres Maestros la estaban protegiendo, aunque eso se habría logrado mejor si hubiera cabalgado en el medio. En realidad, ella estaba actuando como su retaguardia. En las primeras horas de la mañana tenían que comenzar a buscar un lugar adecuado fuera de la carretera para pasar el día, pero Mishimar ahora también proporcionó ese servicio, ya que se acercó a ellos y compartió que había encontrado un lugar a poca distancia por delante . Pronto se preguntarían cómo se llevaban sin él.

Desempacaronyestablecieronsucampamento,Hannah se hizo cargo de los caballos, mientras construían su pequeño fuego.Pronto preparó su cena y se acomodaron alrededor de la fogata. Mishimar comenzó con timidez: "Tengo una pregunta un poco incómoda". De repente tuvo toda su atención. "Cuando conocí a Hannah, pensé que era extraño que hubieras dejado a una mujer para vigilar el campamento, pero cuando extendí mi mano para saludarla, ella me agarró de tal manera que me encontré de rodillas y sufriendo mucho dolor. . ¿Quizás ella podría explicar eso?

Todos la miraron y ella comenzó: "Puede ser una larga explicación". dijo ella, y todos se encogieron de hombros para que no importara. Ella continuó: "Está bien, te lo advertí". Ella respiró hondo. "Era hija única cuando mi madre murió mientras me daba a luz. Estoy seguro de que mi padre realmente había querido un niño, especialmente para llevar el apellido, pero lo he hecho de todos modos ya que nunca me he casado. Crecí como marimacho, para complacer a mi padre. Era un líder de cien jinetes en la caballería, lo que explica en parte mi amor por los caballos. También comenzó a enseñarme combate cuerpo a cuerpo cuando aún era muy joven, pero sin que nadie lo supiera, ya que realmente no era apropiado entrenar a una chica. Creo que inicialmente lo hizo por mi seguridad, enseñándome movimientos de defensa personal, pero debido a que demostré ser tan experto en aprenderlo, me enseñó todo lo que sabía, incluida la lucha con armas. Era muy bueno en eso y él estaba secretamente muy orgulloso de mí. Debido a su rango, tenía acceso a un centro de entrenamiento privado y en ocasiones me mostraba, nuevamente en secreto, a uno o dos de sus amigos. Por lo general, fue algo como esto. Los acompañaba a sus instalaciones de entrenamiento encerradas, sus amigos se preguntaban por qué él traería a una niña a su práctica secreta. Simplemente les diría que se podía confiar en mí. Luego se unieron para entrenar un poco el uno con el otro y cuando solo estaban los tres, uno quedaría fuera.

Entonces mi padre, en tono de broma, le diría a la tercera persona de la fiesta que podrían entrenar conmigo. Tomaría una postura defensiva contra ellos, se reirían, y luego harían un movimiento a medias contra mí, solo para encontrarse de espaldas, mirando al techo. Pronto tuve el respeto de la persona que mi padre trajo para entrenar. Todos habían jurado guardar el secreto, para proteger mi imagen como una doncella gentil. Funcionó. Siempre nos reímos a costa de los gastos de mi nuevo compañero ahorrador y aprendí cosas que pocos otros hombres sabían ". Ella continuó: "Fuera de esos momentos actué como una niña típica y eventualmente una mujer joven. Las mujeres de nuestra familia extensa me entrenaron en las bellas artes de la feminidad. Y también me destaqué en eso, por lo que nadie sabía el secreto de mi padre y mi padre ".

Cambiando de tema, "Aunque había pocas mujeres en los establos, pronto fui aceptado allí también. Inicialmente fue porque mi padre era el capitán de un centenar y porque aquellos que sabían mi secreto asegurarían a los que no sabían que podía confiar en mí. Rápidamente aprendí que compartía una afinidad especial con los caballos. Nos entendimos el uno al otro. Este se convirtió en mi segundo secreto. Los que estaban en los establos me llamaron "susurrador de caballos", pero era mucho más simple y profundo que eso. Hablamos el mismo idioma Fue un regalo."

Mishimar interrumpió, "¿Disculpe?" Cuando Hannah sonrió, tenía los hoyuelos más lindos. "Si." Se lanzó de inmediato. "¿Has logrado un combate cuerpo a cuerpo?" Ella asintió. Continuó: "¿Entonces no fue casualidad cuando me pusiste de rodillas con esa mano única?" Su sonrisa se profundizó, "Bueno, no te conocía. Entonces, parecía más agradable que romperte el brazo. El solo sacudio la cabeza. Ella preguntó: "¿Algo más?" Estaba teniendo dificultades para comprender todo esto. ¿Y hablas con los caballos? Ella, por otro lado estaba disfrutando esto, "Y escucha también. La comunicación es hablar y escuchar ". Todavía sacudiendo la cabeza, preguntó: "¿Cómo sé que no te estás divirtiendo un poco a mi costa?" Ligeramente tímida, ella ofreció: "Podría ponerte de rodillas otra vez". Entonces ella se echó a reír. "No", probablemente no se suponía que se sonrojara, "Eso creo. Me refiero a los caballos. Ella se rió entre dientes, "No solo caballos, la mayoría de los animales. Podría mostrarte. Miró a los Maestros y los tres asintieron. Ella les dijo: "Si nos disculpan" y a él, "Deberíamos ir a hablar con su caballo", mientras se paraba.

Seph también estaba sonriendo mientras se levantaba. "Nos ocuparemos de los platos". Mishimar también se levantó, se unió a ella y caminaron hacia los caballos. Seguía sacudiendo la cabeza con incredulidad. "Eres mucho más de lo que parece". Su sonrisa estaba en peligro de volverse permanente. "Fingiré que fue un cumplido". Tropezó con sus palabras. "No, quiero decir, sí, quiero decir ... Oh, no sé a qué me refiero. Por lo general, estoy bien con mujeres, pero tú ... "Dejó las palabras colgando. "Y lo tomaré también como un cumplido. Aquí estamos." Extendió la mano y Zillah la acarició. "Ah Zillah, normalmente te susurraría al oído para disimular que realmente estoy hablando contigo, pero para que Mishimar pueda escucharnos, hablaré en voz alta". Zillah relinchó en respuesta. Hannah se echó a reír.

"Vamos, él no te dijo nada, simplemente relinchó". Mishimar todavía estaba atrapado en su incredulidad. Miró a Mishimar: "No es solo en lo que dice, sino en cómo lo dice. Solo para que realmente me creas, le pediré que me diga algo sobre ti que no podría saber. Se volvió hacia Zillah y le tuvo. nuevo, pero fue sutilmente diferente a la primera vez. Ahora había cierta anticipación subyacente a su incredulidad. "Admitir que sonó diferente.

¿Entonces, qué fue lo que dijo?" De repente, como si le hubieran dado un tesoro. Ella se movió con gran cuidado y emoción. "¿Dijiste que tenías dieciocho años cuando tu padre te lo dio?" El asintió. "Cuando lo hizo, lloraste de alegría y nunca lloraste".

Una lágrima brotó en su ojo ahora, "Pero, pero, pero ... eso es imposible. No hay forma de que puedas saber eso. La luz de la creencia estaba surgiendo en su corazón cuando ella susurró: "Excepto que él me lo dijo". Golpeado por el asombro, dio un paso adelante, rodeó a Zillah con los brazos, enterró la cara en su cuello y lloró de alegría. Cuando terminó, miró a Zillah a los ojos, "Siempre supe que eras especial". Zillah sacudió la cabeza, relinchó suavemente y resopló. "Dijo:" Los tres somos especiales ", pero no estoy seguro de que quisiera que yo verbalizara eso". Mishimar miró al suelo, de regreso a Zillah, y luego a Hannah cuando dijo: "Y pensé que estaba enganchándome a Jerusalén". Un tono serio coloreó sus siguientes palabras: "Tengo algo más que me gustaría preguntarte". Ella asintió con su asentimiento. "¿Serías susceptible a algún combate de espada?" Ella estaba sorprendida. "No podemos hacer mucho ruido. La gente podría escuchar y eso llamaría la atención sobre nuestro viaje ". Dio un paso atrás detrás de su silla de montar y sacó de su kit dos espadas de madera con cuchillas envueltas en cuero. "Estos son prácticamente silenciosos y me preguntaba qué demonios me poseía para traerlos".Ella sonrió, le tendió una mano y él le dio una. Cada uno rascó a Zillah detrás de una oreja, se despidió de él y regresaron al fuego.

Capitulo 9
Baile de Espadas

Los tres Maestros habían limpiado todo de su comida y Chok y Raz ya estaban en sus tiendas. Seph había esperado su regreso de los caballos. Él comenzó: "Entonces, ahora conoces dos de los secretos de Hannah".

Mishimar preguntó: "¿Hay más?" Seph le guiñó un ojo. "Veremos." Hannah mostró la espada de práctica de madera. "Vamos a ahorrar un poco. Intentaremos y no haremos demasiado ruido ". Seph agregó: "O demasiado tiempo, el amanecer no está lejos". Miró a Mishimar. "¿Vas a tomar la primera guardia con ella?" Mishimar sonrió. "¿No lo sé? No le he preguntado todavía ". Hannah respondió: "Dependerá de cuánto lo agote". Seph asintió con la cabeza. "Entonces les daré las dos buenas noches". Y se volvió hacia su tienda. Aunque la mañana todavía estaba fría, Hannah se quitó el abrigo, lo colgó de un arbusto cercano, se volvió y adoptó una postura defensiva con la espada extendida. Mishimar tenía miedo de preguntar. "¿Me sorprenderé aquí también?" Fue su turno de guiñar un ojo, "Quizás", y antes de que él pudiera quitarse el abrigo, ella atacó. Ella fue asombrosa. Obviamente, ella había estudiado con alguien distinguido ya que su manejo de la espada era un baile elegante. No hubo absolutamente ningún movimiento perdido y ella parecía ser capaz de anticiparlo. Nunca se había enfrentado a nadie tan maravilloso y comenzó a imaginar cómo sería si ella también poseía una espada para cantar. Qué sinfonía crearían. De repente se dio cuenta de que se había distraído cuando ella lo golpeó hábilmente en el hombro. Dio unos pasos hacia atrás y ella le permitió retirarse.

Frotándose el hombro, preguntó. "¿Puedo quitarme el abrigo ahora?" Descubrió que estaba jadeando fuertemente. "Parece que puede necesitar su protección", y ella le guiñó un ojo nuevamente. Sin embargo, le dio la espalda y comenzó a quitarse el abrigo. "Pero definitivamente no es su calor". Ya estaba sudando bastante. "Me alegra que las mujeres no suden, solo brillan", sonrió. "¿Y quién demonios te enseñó la espada?" preguntó. Ella respondió: "Mi padre una vez capturó a un maestro de espadas extranjero y decidió que matarlo sería como destruir una hermosa vidriera. Entonces mi padre le pidió un favor a su general para que se le permitiera vivir al maestro de la espada. El general lo permitiría mientras el maestro nos impartiera su habilidad. Como artista, el maestro de la espada estaba agradecido por la oportunidad y en secreto también me enseñó, mi tercer secreto ".

Mishimar estaba sacudiendo la cabeza otra vez con incredulidad, no ante la historia, pero que cualquier mujer podría convertirse en esta habilidad tan joven, cuando comenzó su próximo ataque. Ellos entrenaron durante la mayor parte de una hora hasta que ambos casi se gastaron. Luego, antes de que cualquiera de ellos hiciera un movimiento que pudieran lamentar, se detuvieron, se inclinaron reverentemente el uno al otro e intercambiaron sus espadas por pieles de agua. Charlaron durante unos minutos más mientras recuperaban la respiración y luego partieron a los extremos opuestos del campamento para la primera guardia. Hannah, al final del campamento, comenzó a cantar suavemente la canción que su maestro de la espada le había enseñado.

Una espada es más que un arma más que una simple herramienta de guerra, una espada es más que una cuchilla y un pomo de acero con filo finamente elaborado, la extensión del brazo del guerrero su habilidad, su poder, su poder Un beso, un aliento, una suave caricia expresión de su mente y corazón. Tan brillante como la luz del ángel tan suave como el suspiro de un bebé Tan rápido como el destello del relámpago antes del trueno La canción que canta, el guerrero pica entre el borde de la vida y la muerte.

Capitulo 10
El Maestro de los Idiomas

Su viaje de la noche siguiente transcurrió sin incidentes. Incluso podría haber sido aburrido, excepto que todos disfrutaban de la compañía del otro. Llenaban la velada con historias y anécdotas, cada maestro de su propia disciplina, y cuando estaban lo suficientemente cansados como para detenerse por el día, Mishimar se acercó a ellos con la noticia de que había encontrado otro buen lugar para acampar, justo delante. Se habían acostumbrado a una rutina cómoda, con cada persona haciendo su parte. Con un mínimo de perturbaciones o interrupciones, estaban rápidamente listos para su comida antes de retirarse, alrededor del fuego. Seph decidió compartir su historia.

Él comenzó: «Entonces, ¿probablemente se estén preguntando cómo alguien se convierte en un Maestro de Idiomas?» Raz respondió bastante en serio: «¿Creo que fue una pregunta retórica?» Seph continuó: "Sí, lo fue. Yo era hijo único y bastante precoz. Algunos dirían que tuve las características de un prodigio. Empecé a hablar bastante temprano y en oraciones completas. Inicialmente fue lindo y divertido, mis padres me presumieron ante nuestros invitados, pero pronto se hizo evidente que no era un simple truco de salón. Esto era real, lo que sea que eso significara. También aprendí a leer temprano y comencé a leer vorazmente, todo lo que podía tener en mis manos. Tuve la suerte de nacer en la familia del curador de la biblioteca más grande y mejor de Oriente. Pronto se hizo evidente que necesitaba poca educación formal. Yo era muy emprendedor y, aunque mi padre tenía acceso a algunos de los mejores tutores de la tierra, los superé rápidamente uno por uno. Afortunadamente, tenía un carácter muy humilde y digo con bastante humildad que todavía lo soy «. Se rio entre dientes. «Y cada uno de mis tutores se convirtió en un amigo de toda la vida».

Raz lo interrumpió de nuevo. “Pero idiomas, diles cómo te intrigaste con los diferentes idiomas”. Seph sonrió, “Estaba llegando a ese Raz. Uno de mis tutores, Avram, era matemático hebreo y, mientras me enseñaba, mis números decidieron enseñármelos también en hebreo. Cuando vio lo rápido que dominaba eso, le preguntó a mi padre si podía enseñarme hebreo formalmente. Creo que también quería presentarme al dios hebreo, pero no se lo mencionó a mi padre. Lo que sí ofreció fue enseñarme hebreo, aparte y gratis. Mi padre apenas podía dejar pasar una oferta como esa, y él aceptó. Después de mis lecciones de matemáticas, que se hicieron cada vez más cortas debido a mi aptitud, Avram se lanzaría a la lección de hebreo. Comenzó con el alfabeto verbal y escrito y luego usó las escrituras hebreas para enseñarme vocabulario y gramática. Estaba fascinado por las historias que encontré en sus escrituras, y pronto descubrí que nuestro tiempo juntos pasaba demasiado rápido. Me sorprendió cuando una mañana, después de nuestra lección, me presentó una copia de los primeros cinco libros de Moisés, el Pentateuco. Me dijo que cuando cumplió siete años se lo había dado su padre y que, como parte de su educación inicial, había hecho una copia minuciosa a mano. Normalmente le daría la copia a su hijo en su séptimo cumpleaños, pero como no tenía hijo, solo hijas, quería dárselo a yo. Aún no tenía siete años. Me conmovió profundamente la gracia de su regalo y, aunque no entendí completamente su valor, lo acepté simplemente porque me lo dio. Cuando se lo mostré esa noche a mi padre, lloró de alegría por la bendición del regalo y porque tuvo un hijo que inspiró tales donaciones. En un mes tuve suficiente conocimiento del idioma y comencé a leerlo por las noches. A menudo venía a nuestra próxima lección con preguntas sobre lo que había leído. Esto lo permitió, porque ahora solo hablábamos hebreo cuando estábamos juntos. Luego explicaría sus respuestas lo mejor que pudiera, pero aunque era un buen matemático y fiel hebreo, no era un rabino. Lo que sí me enseñó, principalmente con el ejemplo, fue que no solo compartía conmigo sobre la religión hebrea, sino que me estaba ofreciendo la posibilidad de una relación con el Dios del universo entero. Cuán diferente era esto de nuestros dioses del Este, dioses a los que debemos temer y apaciguar. Este era un Dios, creía firmemente en el único Dios, que me amaba como individuo y quería que yo lo amara a cambio ". Nuevamente, fue Raz, el interruptor, hablando con entusiasmo: "Oh, ¿entonces fue cuando te convertiste al Dios hebreo?"

"Raz, Raz, Raz, cálmate. No sé si lo llamaría una conversión. Antes no era nada religioso, entonces, ¿de qué me convertí? Seph preguntó: "¿Puedo continuar?" Raz asintió con la cabeza. "Un día le pregunté a Avram:" ¿Cómo puedo tener una relación con tu dios? ". Él me dijo que podía comenzar rezándole. "¿Y cómo hago eso?" Avram sonrió y explicó: "La oración es simplemente una conversación con Dios. Es hablar con Dios y luego escuchar lo que tiene que decir a cambio. "No estaba seguro de haber entendido. "¿Te refieres a hablar con Dios como si estuviera aquí y luego esperar escucharlo hablar conmigo?"

Él asintió, todavía sonriendo, «Sí, porque Él está

aquí». Miré a izquierda y derecha y dije: «Pero no lo veo». Su mirada se intensificó: «Seph, solo porque no puedes verlo no significa que no esté aquí. Si salgo de esta habitación «, señaló a la puerta,» alrededor de esa pared, y hablamos contigo. Todavía puedes oírme, aunque no puedas verme. Es algo así. Puedes hablar con Él, simplemente no puedes verlo «.

Mi asombro se profundizó: "¿Y él me responderá?", Avram respondió rápidamente: "Sí, si estás escuchando". Estaba un poco asustado, "¿Qué ... hago ... lo ... llamo?" Sus palabras se volvieron solemnes " Para nosotros su nombre es sagrado. Simplemente nos dirigimos a Él como Señor ". Él asintió para que yo procediera. "¿Pero qué digo?" Todavía tenía miedo. Me tranquilizó: "Lo que sea que esté en tu corazón". Respiré temblorosamente y comencé: "Señor, realmente me ha gustado leer tu libro, las Escrituras, que Avram me dio. Me gustaría conocerte ". Y me detuve. Lo más extraño sucedió. De repente sentí que había alguien más en la habitación con nosotros, alguien maravilloso, tan maravilloso, que me hizo llorar. Me aventuré más, "¿Eres tú?", Y aunque no escuché palabras reales, sentí un rotundo "¡SÍ!" Me giré para mirar a Avram y descubrí que también había lágrimas en sus mejillas y antes de que pudiera pronunciar las palabras, sacudió la cabeza, "Sí".

Avram se hizo más amigo que maestro y me presentó a algunos de sus otros amigos. Pronto me encontré aprendiendo asirio, egipcio y muchos otros idiomas de estos amigos. El resto que podría decir es historia. Me convertí en un maestro de estos idiomas y en el curador de la biblioteca cuando mi padre se retiró. Lo construí en el lugar de aprender que es hoy ". Seph se puso de pie y sonrió a Mishimar y Hannah, "¿Nos encargaremos de los platos si ustedes dos quieren entrenar un poco antes del amanecer?" Hannah miró a Mishimar, "¿Espadas o mano a mano?" Él sonrió y tal vez se sonrojó un poco,

"Espadas, tengo una mejor oportunidad de espadas". Y se despidieron de los Maestros, recogieron las espadas de madera y caminaron hacia un claro a poca distancia del campamento.

Capitulo 11
Espadas Silenciosas y Estrategia

No comenzaron de inmediato. Hannah podía sentir que la historia de Seph había causado una gran impresión en Mishimar, pero no dijo nada al respecto. Él sacudió la cabeza, librándose de los pensamientos persistentes y le entregó una espada. Descubrieron que estaban tan igualados que el combate era realmente bueno para los dos. Estaban aprendiendo mucho el uno del otro. Inicialmente, estaban aprendiendo a confiar en la habilidad del otro. También estaban comenzando a explorar las estrategias de los demás, y aún más importante, estaban descubriendo que realmente disfrutaban de la compañía del otro.

Aunque era más pequeña y ligera que Mishimar, Hannah lo compensó en velocidad, en la flexibilidad que surgió de la delicadeza que aprendió del entrenador de un maestro y de haber practicado con muchos de los amigos militares de su padre. Su ofensiva fue asombrosa y si él no hubiera desarrollado una defensa casi perfecta, se habría encontrado rápidamente superado. Nuevamente se preguntó cómo sería si ella empuñara una de las espadas de canto, pero esta vez no dejó que ese pensamiento lo distrajera. Entonces, de repente, ella realizó un movimiento que nunca había visto antes y se encontró sin espada. Se quedó allí con la boca abierta mientras ella sonreía. Ella se rió, "¿Qué, no viste venir eso?"

Todavía horrorizado, murmuró: "No. ¿Puedes mostrarme ese movimiento otra vez, pero lentamente? Ella lo dejó tomar su espada, "Si no puedes derrotar a tu oponente rápidamente, puedes establecer un ritmo de ataque, presionándolo con fuerza y luego interrumpirlo para desarmarlo. Debido a que atacamos de manera tan diferente, tendrá que adaptarlo a su estilo, pero puedo mostrarle los fundamentos ". Se volvieron a enfrentar. "Hagamos esto a aproximadamente la mitad de la velocidad".

Ella atacó, pero a solo la mitad de velocidad y él respondió a la misma velocidad. Una vez que volvió a establecer un ritmo, durante uno de sus contadores pareció cambiar sutilmente su agarre y vacilar. Cuando él aprovechó su ventaja, su agarre cambió de nuevo, ella ejecutó el movimiento, y él nuevamente fue desarmado. Sacudió la cabeza con incredulidad. "¿Cómo haces eso, incluso a media velocidad?" Su sonrisa fue casi tan devastadora como su habilidad con la espada, "Déjame mostrarte el movimiento aún más lentamente". Ella bajó su espada y dio un paso detrás de él, envolvió sus brazos alrededor de él y puso sus manos sobre las de él. Él sudaba, ella solo relucía, pero su olor era intoxicante. Le resultaba difícil concentrarse en el movimiento, pero se obligó a sí mismo. "Una vez que hayas encontrado el ritmo, normalmente responderías al contador, o mi ataque, con este agarre, pero cambias sutilmente tu agarre de esta manera, ya que pareces vacilar", y ella movió sus manos ligeramente, "dejando que tu oponente se compromete demasiado en un intento de aprovechar tu culpa. Luego cambias tu agarre de esta manera ", movió sus manos nuevamente," y ejecutó este movimiento ", mientras sus brazos movían los suyos. ¿Quieres verlo de nuevo? El asintió.

Lo revisó de nuevo y luego se dio cuenta de que estaba disfrutando demasiado de su cercanía. Él respondió con voz ronca, "Eso fue increíble. Eres fabuloso." Ella se desconectó. "No permita que su aprecio se interponga en nuestro combate o descubrirá cómo también puedo usar eso para mi ventaja. Ella se alejó y levantó su espada. "Volver a la velocidad media". Ella atacó. Esta vez ella lo dejó vacilar y desarmarla. "De nuevo." Y lo hicieron. Parecía que se estaba acostumbrando. "¡Ahora a toda velocidad!" y ella atacó con su ferocidad normal. Una vez que sintió que sentía el ritmo, volvió a vacilar y la desarmó. "Una vez más." Y ella intensificó su ataque aún más. Esta vez, cuando él vaciló, ella no se comprometió como él esperaba, sino que le golpeó el codo en el hombro y lo dejó completamente fuera de balance. Ella lo siguió con un paso adentro que lo hizo tropezar y lo dejó tirado en el suelo.

Se sentó. "Yo tampoco vi venir eso". "Entonces, quizás pueda mostrarte ese movimiento mañana. ¿Quieres probar un poco de lucha libre? Ella ofreció. "¡Si!" él respondió con demasiado entusiasmo. "Eso también tendrá que esperar. Creo que necesitas sumergir tu cabeza en un poco de agua fría. Ella le arrojó su espada, se volvió y se dirigió hacia su tienda. "Voy a entregarme. Ah, y no olviden que tengo el sueño ligero". Él no podía ver, pero ella estaba sonriendo ampliamente para sí misma. Mientras caminaba hacia su tienda, en el otro extremo del campamento, comenzó a tararear una canción que había estado componiendo.

Mientras deambulaba por un campo de enredos, se encontró con una caja antigua. Reflexionó sobre el tesoro que contenía, tal vez fue solo una ilusión. Independientemente de los costos encontrados, compró todo lo que había. Pero cuando regresó al sitio, descubrió que la caja había desaparecido. solo una nota, "cavar aquí". Aunque el suelo no estaba perturbado y no se podía ocultar nada debajo, tuvo otra oportunidad de descubrir qué pensamientos traicionaban su corazón antes de cavar la longitud, el ancho y la profundidad de solo una tumba que podría llenar Y mientras su corazón se rendía, su pala golpeó contra algo plateado Y desenterró una espada maravillosa

Se puso de pie sobre la tierra desarraigada sobre una colina que había hecho y sacó de una vaina envejecida una espada de belleza, forjada de luz. La balanceó lentamente, luego con pasión hasta que cantó el pasado y el futuro. Su nota se mezcló con el viento. ... Hane, Hane ... habló de Favor.

Capitulo 12
El Actual Rey Judío

Herodes Antípatico se abrió camino en la posición de Procurador de Judea. Mostró a su familia, por ejemplo, que el poder y el privilegio solo pueden obtenerse y mantenerse mediante el uso de la malicia y el engaño. Su dinámica familiar siempre contenía conflictos internos, conflictos e intrigas. Dominaba todas estas técnicas y enseñó bien a su progenie. Para empezar, no eran judíos por nacimiento o linaje, pero adoptaron las costumbres culturales de los judíos para complacer a las personas con al menos una forma de religión. Cuando sus hijos alcanzaron la edad y la experiencia suficientes, le dio, primero, la dirección de Jerusalén a su hijo mayor, Phasaelus, como su gobernador. Luego a Herodes, más tarde llamado el Grande, le dio a Galilea. Herodes Antipatico manipuló una extensa red de espías y sus hijos se convirtieron en expertos en el uso de su información y los incentivos necesarios para mantener esa información fluida: el uso juicioso del dinero y la oportunidad de satisfacer los deseos carnales.

Cuando Antígono, el último rey macabeo, junto con los partos atacaron a Herodes Antípatro, lo presionaron a él y a su ejército con dureza por todos lados. Aunque Herodes obtuvo una victoria parcial sobre ellos, capturaron a su hijo menor, Joseph. En lugar de permitirse ser torturado y asesinado, Joseph se suicidó. Entonces el emperador, Mark Anthony, se unió a Herodes y con sus fuerzas combinadas se enfrentaron a Antígono. Pelearon una feroz batalla, pero juntos Herodes Antipater y Mark Anthony cambiaron el rumbo. Capturaron Jerusalén e instalaron a Herodes el Grande como el rey de Judea.

Seguramente convertirse en rey marcó el final de los problemas de Herodes el Grande. Había logrado su sueño, pero lo encontró una pesadilla. Una cosa es ganar un trono. Es otra muy distinta mantenerlo. Se había casado con Mariamne, la nieta de Hyrcanus, para congraciarse con los macabeos. Herodes había elevado a su hermano, Aristóbulo, al sumo sacerdocio para obtener el apoyo sacerdotal. Pensó que tenía el Sanedrín en el bolsillo por todos los favores que había hecho por ellos. Esto debería haber fortalecido su posición como rey de los judíos, pero no lo hizo. Una mañana temprano, el centurión de Herodes, Anthony, llamó a las puertas de su cámara. "Entrar." llamó en voz baja. Al menos ya había dejado su cama y se había vestido. Su esposa aún dormía. Anthony entró de mala gana cuando Herodes se apartó de su escritorio. "Anthony, ¿qué es?" A Herodes le gustaba su lealtad y admiraba su eficiencia. Anthony le indicó a Herodes que saliera de la habitación. Herodes agarró su túnica y el círculo de su oficina, y lo siguió hasta el pasillo.

Anthony cerró la puerta detrás de Herodes. "Mi señor, hemos descubierto un complot contra su vida". Ahora tenía toda la atención de Herodes. "Otro, ¿cuántos de estos podrían existir?" él cuestionó. Anthony nunca picaba palabras. A Herodes también le gustaba eso de él. "Has hecho muchos enemigos en tu ascenso al trono". Él respondió con gravedad. "¿Y éste?" Deseó que más de sus súbditos apreciaran su regla. "Este golpea bastante cerca de casa, señor". Sus ojos cayeron al suelo. "Solo dime, Anthony. Puedes hablar libremente. Sabes que confío en ti.

"Es tu esposa, mi rey. Nuestros espías han descubierto un complot y sus raíces se remontan a ella y sus hijos ". Herodes encontró interesante que Anthony los llamara sus hijos y no los de Herodes. "¿Y la veracidad de esta evidencia?" Herodes estaba bastante sorprendido por esto. Pensó que amaba a Mariamne. Obviamente lo habían jugado. "¡Muéstrame esta evidencia!" se puso furioso y se dirigió hacia su oficina palaciega. Anthony lo siguió hasta allí, donde varios otros ya esperaban. Aristóbulo, el hermano de Mariamne, a quien Herodes había elevado al puesto de sumo sacerdote, se arrodilló ante su escritorio. Aristóbulo obviamente había sido golpeado, quizás incluso torturado. Eso no le preocupaba a Herodes. Que este hombre era el hermano de su esposa lo hizo. Dos guardias del templo y dos de sus propios hombres flanquearon a Aristóbulo. Herodes se sentó en su silla de oficina bastante adornada que, aunque no su trono, tendría que hacer por el momento. Él entrelazó sus dedos, llevó dos dedos índices de sus manos entrelazadas a sus labios y pronunció una sola palabra: "¿Y?" Uno de los guardias del templo llamó la atención. "Su majestad, uno de sus espías nos alertó sobre este complot contra su vida. Parece que tu esposa, su hermano y sus hijos han estado tramando esto por algún tiempo. Los atrapamos en las cámaras del sumo sacerdote con mapas, notas y un alijo de armas almacenado ". Hizo un gesto a Aristóbulo.

"Los muchachos escaparon y los estamos cazando, pero este ha confesado todo". Herodes escupió las palabras: "Llévalo a la mazmorra y avísame cuando los chicos se hayan unido a él". Anthony habló: "¿Y su esposa, señor?" Herodes sonrió con picardía: "Que piense que todo sigue bien, por el momento". Levantaron a Aristóbulo, se volvieron y lo sacaron de la presencia de Herodes. Anthony se quedó, "Señor, ¿puedo hacer una sugerencia?" La ira, la decepción, la traición, muchas emociones clamaron por la atención de Herodes. Habló secamente: "Sí, Anthony, ¿qué más?" "¿Y si pudiéramos descubrir estas parcelas antes?" se aventuró. "¿Y cómo propones que hagamos eso?" Herodes dijo rotundamente.

"Uno de los magos de tu padre es particularmente experto en obtener este tipo de información. Como maestro de las artes negras, conoce cosas que ni siquiera podemos imaginar ", continuó Anthony. "No ayudó mucho a mi padre". Herodes declaró de manera objetiva. "Eso sería porque tu padre no hizo uso de él. Tu padre temía su poder. Conocer a su padre que tenía sentido. "¿Y crees que debería consultar a este mago?" Él confiaba en Anthony, ¿no? "Podría resultar prudente utilizar todos los recursos disponibles si permitimos que su reinado prospere". Anthony sonrió. "¿Y el nombre de este mago?" Herodes también comenzó a sonreír.

"Se llama Nebo y lo he visto hacer cosas increíbles. No es un simple charlatán y tampoco su hijo, Nesher. Anthony agregó. "¿Y tengo que temer su poder?" "Digamos que también sería prudente tener un respeto saludable hacia él y su poder". Anthony dijo en serio. "Está bien, tráemelo". él ordenó.

"Señor, también podría sugerir como gesto de buena fe que vaya con él. Sería interpretado no como un signo de debilidad, sino como un signo de respeto, el respeto que tu padre nunca le dio ". Herodes solo dejó que unas pocas personas le hablaran como casi iguales. Anthony era uno de esos pocos. Él negó con la cabeza, sí. "Estoy de acuerdo, organice esta reunión", y se volvió hacia el papeleo en su escritorio. Anthony asintió, se inclinó levemente, se volvió y salió rápidamente de la oficina del rey, con sus pasos llenos de propósito.

Capitulo 13
El Maestro de las Religiones

Los días se hicieron más cortos y las noches más largas a medida que los Maestros, Hannah y Mishimar viajaban durante el otoño y el invierno. Decidieron pasar de viajar de noche a viajar durante el día y acordaron pasar un tiempo en la próxima ciudad reponiendo sus provisiones. Aunque disfrazados, los tres Maestros podían volar fácilmente la historia de portada de "viajeros simples" con su vocabulario, por lo que Mishimar y Hannah hablaron y negociaron la mayor parte de los suministros. Mishimar llevaba el bolso. Como no mucha gente intentaría robar a un espadachín. Sin parecer tener demasiado dinero, obtuvieron alojamiento para pasar la noche en la posada local, comprando un piso completo, con comedores privados y salas de estar. Al anochecer se sentaron juntos para una comida caliente, preparados y entregados por el cocinero de la posada. Cuando se fue, Chokmah habló.

"Es interesante cómo la fortuna nos ha sonreído a todos y nos ha unido para esta increíble aventura. Raz, ¿recuerdas lo sorprendido que estabas al descubrir que Seph solo sirve al único Dios de los hebreos? En Oriente servimos a muchos dioses. Me crié en una familia sacerdotal que servía a Qingu, el poseedor de las tres tabletas del destino. Según la leyenda, el dios Abzu y la diosaTaimat se unió para producir la descendencia Qingu. Cuando Marduk, otro dios, asesinó a Abzu, Taimat le dio a Qingu las tres tabletas del destino para confirmarlo como la deidad suprema. Mi padre sirvió a esa deidad suprema como sacerdote, pero a medida que crecía, conocí a una deidad aparentemente menor llamada Enlil, el dios del viento ".

Chok continuó: "Cuando éramos niños, solíamos jugar al juego de piedra, papel, cuchillo donde la roca rompe el cuchillo, el papel cubre la roca y el cuchillo corta el papel. Cada uno puede derrotar a otro, pero ninguno de ellos puede derrotarlos a todos. Pero ¿qué pasa con la fuerza elemental del viento? Con los cuatro elementos de tierra, viento, fuego y agua; no se trata de quién derrota a quién, sino de cooperar, uno con el otro, para producir vida. Entonces, para mí, no se trataba de quién era el más poderoso o supremo, sino quién era la fuerza más misteriosa en el proceso de la vida. Para mí, ese fue el viento ".

Una mirada lejana ahora vidriada sobre sus ojos. "Estaba en medio de mis estudios un día cuando me encontré con la palabra hebrea para viento, Ruach. Descubrí que también podría traducirse como aliento, espíritu e incluso en algunos casos como la vida misma. También parecía tener atribuidas las cualidades casi humanas de la personalidad, ya que actuaba a través de las escrituras hebreas. Conocí a Seph durante mis estudios y lo consulté a menudo, ya que mi búsqueda me había llevado a otros idiomas. Fue en una de esas ocasiones, mientras exploraba las palabras para viento, que Seph me presentó algo, alguien más, llamado Chayeem, el Árbol del Viento. Estaba sorprendido. ¿Cómo podrían los tres elementos de la Tierra, el Viento y el Agua combinarse en un Árbol que pulsa, respira, ¿la esencia misma de la Vida misma? Él le sonrió cariñosamente a Seph. "Seph me explicó que si bien el nombre de Dios era demasiado maravilloso o sagrado para ser verbalizado, había descubierto otro nombre que podía usar, que era más personal que simplemente llamarlo Señor. Ese nombre era Chayeem y, como el de Viento, parecía la encarnación de todo lo que había estado buscando también. Por lo tanto, comenzamos a reunirnos para estudiar, contemplar, meditar, discutir e incluso adorar a Chayeem como la personificación del único Dios. Esto eventualmente nos llevó a descubrir la ceremonia del Unico Arbol que ahora celebramos semanalmente ".

Mishimar preguntó: "Entonces, ¿qué hay de ti, Raz, cómo te uniste a este trío?" Raz respondió: "Esa es probablemente una historia para otra noche. Deberíamos tratar de descansar un poco si queremos hacer una transición exitosa para viajar durante el día ". Los otros dos Maestros asintieron y se levantaron para irse. Mishimar miró a Hannah. "¿Quizás nos sentaremos y charlaremos un poco más?" Seph le guiñó un ojo a espaldas de Mishimar cuando se fueron. Ella cuestionó. "¿No creo que haya un lugar para entrenar a esta hora de la noche?" Mishimar puso los codos sobre la mesa, juntó las manos y apoyó la barbilla sobre ellas. "Creo que el combate verbal tendrá que ser para esta noche". y él sonrió, "¿Me preguntaba cómo te asociaste con este grupo?" Ella sonrió a cambio. "¿No has tenido suficientes historias para una noche?" Sacudió la cabeza. "No." Y ella comenzó a responder: "Como probablemente ya se haya reunido, aunque no haya escuchado la historia de Raz, estos tres caballeros son muy hábiles en lo que hacen". Mishimar asintió con su acuerdo tácito. "Mi padre había conocido a Seph en varias ocasiones cuando actuó como traductor para los prisioneros que habíamos capturado durante nuestras muchas conquistas. Mi padre no solo estaba impresionado con sus habilidades en el lenguaje, sino también con su carácter y su comportamiento. En la búsqueda de mi padre para completar mi educación sin madre, le preguntó a Seph si lo haría considera llevarme como estudiante. No era que estuviera decepcionado de tener una guerrera secreta para una hija, quería completar mi educación, aunque eso también tendría que completarse en secreto “. “¿Qué?” Mishimar exclamó: “¿También has sido educado?”

Hmmmm, pronto no le quedarían secretos a su nueva amiga. “Sí, me temo que me encontrarás igual en muchas áreas. Seph había sido fundamental en mi aprendizaje del maestro de la espada capturado, por lo que sabía que ya tenía un alumno único. Tradujo para nosotros hasta que supe lo suficiente del lenguaje del maestro de la espada y sus habilidades con la espada para que ya no necesitara su ayuda. Sin embargo, había seguido asistiendo a nuestras sesiones nocturnas secretas, a menudo agregando sus propios comentarios después. Fueron días de arduo trabajo y poco sueño lo que nos permitió a él y a mí acercarnos mucho. Se convirtió en un segundo padre sustituto para mí. “Se detuvo para calmar su garganta seca con un trago. Eso la ayudó a continuar. “¿Nunca dejarás de sorprenderme?” Sonrió Mishimar con admiración.

“Espero que no”, devolviendo su sonrisa tímidamente, “un poco de misterio es siempre una de las mejores armas de una mujer”. Cuando llegué a una edad para casarme, mi padre comenzó a preocuparse por mi protección cuando estaba en campaña. Una tarde, cuando Seph estaba con nosotros, después de preparar la cena y mi padre supuso que estaba ocupado con los platos, le preguntó a Seph si consideraría actuar como mi padrino cuando estuviera ausente. Seph se conmovió visiblemente y dijo que no podía pensar en un mayor privilegio. Mi padre dijo que tendría que preguntarme, pero Seph asintió con la cabeza hacia la puerta de la cocina donde yo estaba en silencio, visiblemente sacudida. Corrí y los abracé a los dos, llorando profundamente conmovida de que mi padre me amaba lo suficiente como para planear mi futuro, y dolorosamente agradecido de que Seph quisiera esa responsabilidad. ¡Oh, otro secreto! ¡Yo tampoco lloro muy a menudo! "

Mishimar asintió con la cabeza en comprensión. ¿Cuándo se enteró Seph sobre ti y los caballos? Su ojo podría haber brillado con una lágrima o podría haber sido la luz. "Hace unos años, mi padre murió en la batalla. Más tarde esa noche, Seph y yo estábamos con el maestro de la espada en las instalaciones de entrenamiento cuando el maestro de establos irrumpió en nosotros. "Hannah, ven rápido! ¡El caballo de tu padre ha regresado sin él y está causando un gran alboroto en los establos! tartamudeó. Ella continuó: "Casi arrojé mi espada al maestro de espadas y corrí de regreso al establo con el maestro de establos. Allí, en medio de la arena, rodeado de cautelosos hombres de padrinos, el caballo de mi padre, Midnight, se sacudió y giró y arañó el suelo, casi loco de emoción. "¡Opelyeem!", Grité su nombre al mando. Afortunadamente por la conmoción, me escuchó y miró en mi dirección. "¡Ven!", Grité mientras gesticulaba a la fuerza con un golpe hacia abajo a mi lado. Se detuvo abruptamente como si lo hubiera amamantado. Se tambaleó un momento donde estaba parado, y luego jadeando pesadamente, bajó la cabeza, caminó a mi lado y se desplomó a mis pies. No sé si alguna vez escuchaste llorar a un caballo, pero es algo terriblemente doloroso. A través de sus sollozos rotos me contó lo que había sucedido. Él y mi padre habían luchado juntos durante años y ambos eran guerreros increíbles y casi invencibles juntos, pero en este caso una flecha que ninguno de ellos había visto ni oído en el clamor de la batalla había golpeado a mi padre entre las placas de su armadura. y sin caballo. Mi padre había estado atacando al campeón del enemigo y los dos hombres y los caballos se habían detenido cuando la flecha golpeó. Antes de que Midnight pudiera contraatacar y ponerse de pie para proteger a mi padre, su campeón saltó de su caballo y se enfrentó a mi padre en el suelo.

Herido, mi padre todavía luchó increíblemente mientras los dos los caballos también lucharon para proteger a sus jinetes. Debilitado por la pérdida de sangre y el poderoso ataque feroz del enemigo, mi padre finalmente fue asesinado. Luego, como si el tiempo se detuviera, el campeón enemigo, en lugar de profanar el cuerpo de mi padre o cortarle la cabeza como un trofeo, lo honró al levantar su espada, limpiarla y envainarla en la vaina de la silla de montar de Medianoche. se quedó paralizado ante la muerte de mi padre. Su campeón se volvió, montó su propio caballo y se alejó. Mishimar no sabía qué decir, pero ahora una lágrima brillaba en su propia mejilla.

"El hechizo se rompió, Midnight se paró sobre sus patas traseras y gritó al cielo en agonía y pena, y luego abandonó el campo avergonzado de no haber podido proteger a mi padre. Cuando el campeón del enemigo se alejó, la batalla se detuvo y los dos ejércitos se desengancharon. Medianoche galopaba de regreso a casa en la locura de su dolor. Luego caí al suelo con él, mis brazos alrededor de su cuello y lloramos juntos hasta que estuvo lo suficientemente tranquilo como para que pudiera liberarlo al cuidado del maestro de establos. Les aseguré a ambos que volvería pronto. Seph me llevó de regreso a su casa y compartí con él todo lo que Midnight me había contado. Así descubrió que hablo con los caballos. He vivido con él desde entonces, como su hija y amiga. Por el bien de las apariencias, pretendemos que soy su ama de llaves y la comunidad parece haber aceptado eso ".

Mishimar se dio cuenta con cierta vergüenza de que, en algún momento durante la última parte de su historia, él se acercó y le tomó la mano. Él miró sus manos, luego las miró a los ojos y, a regañadientes, soltó su mano. "Gracias por compartir eso conmigo", susurró con voz ronca. "De nada", ella respiró suavemente. "Gracias por escuchar, pero es hora de dormir". Se puso de pie y caminó vacilante hacia su habitación. Sus ojos la seguían ansiosamente.

Mishimar permaneció sentado a la mesa durante un rato, sus pensamientos giraban y sus emociones entraban en conflicto. ¿Qué le estaba pasando? Nunca había conocido a personas como estas. Los tres Maestros lo asombraron con sus historias, su convicción, su abandono a esta búsqueda para encontrar al "Prometido". Luego estaba Hannah. Había conocido a muchas mujeres en su vida, algunas hermosas, otras fuertes, valientes y capaces, pero nunca una que realmente hubiera considerado su igual en todos los sentidos. Y allí estaba ella, con aún mucho misterio sobre ella. Tenía que cuidarse o podría enamorarse de ella, aunque nunca pensó que era posible enamorarse. No, él controlaba su propio corazón, su destino. Sin embargo, de repente parecía estar sobre su cabeza, más allá de su profundidad, tragado por una historia que no entendía completamente. Lo encontró un poco aterrador, pero también emocionante. ¿Y qué hay de Chayeem? Sus padres habían creído y él había pensado que él también, pero ¿realmente creía así? De hecho, hablaron con Él y creyeron que Él les respondió.

¿Podría existir un Dios personal y amoroso? Pensó en intentarlo. De repente se sintió tonto, como un niño pequeño. No se sentía mal, simplemente no se había sentido así en mucho tiempo. Dio sus primeros pasos vacilantes: «Chayeem ... pensé que te conocía, pero quizás acabo de saber de ti. No creo que alguna vez te haya conocido. Si eso es realmente posible, esta noche, me gustaría «. Y él esperó. De repente frente a él estaba sentado un anciano. No parecía viejo y débil, parecía viejo y extremadamente fuerte. Asombrado, Mishimar no pudo hablar. El viejo lo hizo. "Soy Uriel. Pensé que era hora de que nos conociéramos, al menos brevemente. ¿Qué se necesitaría para saber más allá de toda duda que Chayeem era real? Es una pregunta interesante, una que le gustaría responder «. Y se fue.

Mishimar reflexionó: "¿Y cuál sería la respuesta a esa pregunta?" Su pregunta no estaba particularmente dirigida a ninguna parte, solo estaba pensando en lo que Uriel había dicho. Pero de repente fue como si hubiera hecho la pregunta y la respuesta estuviera allí, la presencia agradable de alguien más real que la realidad misma y se sintió tan maravilloso como lo había descrito Seph, tan maravilloso que le hizo llorar. "Entonces, ¿eres tú, Chayeem?" y sintió su propio rotundo "¡SÍ!" Se sentó allí por un rato, envuelto en su presencia y finalmente dijo: "Gracias". La presencia disminuyó y él se levantó y fue a su cama, sintiendo que finalmente había encontrado el hogar y la familia una vez más.

Capitulo 14
El Maestro de los Misterios

Viajar durante el día creó su propio conjunto de problemas. La mayor interacción con otras personas hizo que fuera más difícil mantener la apariencia de tres viajeros simples que habían empleado un cocinero y un guardaespaldas. Dejaron que su historia se expandiera en tres comerciantes explicando así los animales de carga adicionales, y parecía ser generalmente aceptado. Mantenerse a sí mismos también se volvió más difícil, pero Mishimar regularmente los encontraba en un campamento a media hora de las carreteras. Tuvo éxito nuevamente esta noche en particular y después de la cena, mientras Hannah limpiaba, Raz comenzó a compartir su historia.

Raz se enderezó un poco más, "Mi historia, aunque no es tan emocionante como la de Seph o Chok, sigue siendo una buena historia". Él sonrió. "Mi familia no parecía especial ni particularmente única. Éramos una familia oriental bastante típica: mamá, papá, dos hijos y medio y un perro ". Chok sonrió cuando tuvo la oportunidad de interrumpir por un cambio. "¿Quién era la mitad de un niño?" Raz se rió entre dientes: "Era solo una expresión matemática de la familia normal/promedio. Mi padre era un comerciante de telas, por lo que, aunque no eramos ricos, estábamos bastante bien.

No era especialmente popular en la escuela, pero tampoco era un paria. Nuevamente, como mi familia, yo era un poco indescriptible. Me destaqué en matemáticas y lo que pasó para la ciencia, especialmente trabajando con la mezcla de pociones. Algunos podrían describirlo como brujería, pero no incluía magia negra. Aprendí de un sanador que algunos podrían haber llamado bruja, pero Rachel era una mujer sabia experta en hierbas y cataplasmas. Parecía feliz de tener la compañía de alguien que pudiera recordar una fórmula o receta ... y seguir las instrucciones. Rachel me enseñó magia. Aunque la mayor parte era simple, hubo algunos otros trucos que usé principalmente para entretener a los niños. Juntos, Rachel y yo disfrutamos la emoción del descubrimiento. En la parte posterior de su propiedad, mantenía una casa que podría haber sido considerada un laboratorio primitivo.

Pasamos muchas horas allí inventando algunas cosas inimaginables. A mis padres no parecía importarles, ya que Rachel se presentaba lo suficientemente inofensiva, estaba ganando un poco de dinero y no me metía en problemas. Lo consideraron exitoso “. Chok volvió a interrumpir, no dispuesto a dejar pasar una oportunidad, “¿Qué tiene que ver todo esto con” los misterios “?” Raz sacudió la cabeza de un lado a otro con incredulidad cuando Chok tuvo su venganza de interrupción, “¿Cuáles son” los misterios “? Son simplemente las cosas que no entiendes, pero yo sí. Si entiendo muchas cosas que otras personas no entienden, entonces soy un Maestro de los Misterios. También me encantó la investigación. Rachel a menudo me enviaba a la biblioteca para encontrar información sobre alguna planta oscura u otro ingrediente. Allí me encontré con Seph. Él ya era un maestro de idiomas, pero nunca temí acercarme a él. No creo haber visto a Seph rechazar a alguien, incluso si su pregunta parecía trivial o tonta.

Para él no había preguntas estúpidas, solo respuestas pobres y siempre estaba listo para ayudar a los verdaderamente inquisitivos a encontrar una buena respuesta a su pregunta. Me ayudó en ocasiones demasiado numerosas para contar y nos hicimos amigos “. Raz tomó un trago de agua mientras él y Seph se sonrieron el uno al otro, luego su tono se volvió reverente. “Seph me presentó a Chayeem. Una tarde, después de ayudarme a encontrar la referencia a una hierba particularmente oscura, me pidió que compartiera té con él. Cuando nos sentamos a la mesa, él me preguntó: “¿Cuál describirías como el ingrediente básico para la vida?”

Ah, el misterio de la vida, una pregunta que a menudo había reflexionado. ‘Bueno, tenemos los cuatro elementos de tierra, viento, fuego y agua. ¿Es uno más grande que los otros? ‘’ Seph sacó un pergamino del primer libro de las escrituras hebreas llamado ‘Génesis’, lo abrió y me leyó la historia sobre un pastor llamado Moisés, quien mientras caminaba un día en las montañas se encontró con una ‘zarza ardiente’, una zarza ardiendo pero no consumida por el fuego Moisés se volvió para ver esta maravilla y una voz le habló desde el fuego y le dijo: “Quítate las sandalias, el suelo en el que estás parado es sagrado”. Parecía que esta era una representación física de Dios al menos en ese momento. La zarza ardiente combinaba los elementos de tierra, fuego y agua. Entonces Seph me habló de otro árbol, uno que había estado presente en el jardín de Delight, un Árbol del Viento llamado Chayeem. Allí mismo, tomando el té alrededor de su mesa, me presentó a Chayeem, el mayor de los misterios.

Mishimar levantó la mano, Raz lo reconoció. “No tienes que levantar la mano Mishimar”. “Lo sé”, dijo, “pero parecía una forma menos perturbadora de interrumpirte”. mientras le sonreía a Chok. “Esta bien.” dijo Raz, “ya casi había terminado”. “Bueno”, continuó Mishimar, “me encontré con Chayeem la otra noche en la posada".

Seph se levantó y dio un paso hacia él, con la mano extendida, "Bienvenido formalmente a nuestro pequeño grupo". El resto de ellos rompió en sonrisas, especialmente Hannah. Y allí, justo más allá del fuego, estaba sentado el viejo Mishimar que había conocido la otra noche, Uriel, el ángel en su forma humana. "Y yo también les felicito". Se detuvo un momento. "Me gustaría plantear un tema para nuestra discusión". Raz preguntó: "Pensé que los ángeles trajeron mensajes, no discusiones". El anciano sonrió: "Como todos ustedes saben, ustedes son una colección de personas bastante especial. A ustedes les traeré una discusión. Estamos casi en Jerusalén. Necesitamos un plan sobre cómo proceder una vez que lleguemos allí ". Fue el turno de Seph, "¿Tienes alguna recomendación para nuestra discusión?"

El anciano asintió, "Sí, lo hago. Recomendaría contra un acercamiento directo a Herodes, quien cree que él es el rey de los judíos ". Seph respondió: "¿Por qué deberíamos ir a Herodes? ¿No es un poco arriesgado? " "Si." Chok agregó: "Herodes parece haber combinado el poder político y religioso en un solo puño tiránico, por lo que he escuchado". "¿Cómo has escuchado eso?" Raz cuestionó. "Le preguntaba a la gente casualmente en la taberna de la posada". Continuó: "Parece que Herodes ha tenido la ayuda de Cesear. Dijeron que se había aliado con el Sanedrín, y que hasta hace poco su cuñado era sumo sacerdote ". Seph intervino, "Entonces, ¿podría no estar muy contento de que busquemos al nuevo rey?" Uriel respondió: "¡Definitivamente no! Sin embargo, me han dicho ", y señaló hacia arriba como Chok," Herodes tiene información relevante ".

Mishimar entró en la discusión, "¿Qué pasaría si solo comenzáramos a preguntar, tratando de encontrar cualquier información? acerca de un nuevo rey, comenzando en cualquier posada donde nos quedemos?

Hannah agregó: "Y podría preguntar entre la mujer. Por lo general, hay bastante información disponible en los pozos de la ciudad. Si preguntamos lo suficiente, la noticia eventualmente llegará a Herodes, y él probablemente nos enviará por nosotros mismos ". Uriel se puso de pie, "Creo que eso podría funcionar". Se puso de pie y también Mishimar, que se dirigió a él tentativamente. "Señor, ¿tiene una de las espadas que cantan?". De repente, Uriel apareció con una altura de ocho codos y cuando sacó la espada de su vaina, la maravilla musical los envolvió. "¿Eso responde tu pregunta?" Mishimar desenvainó su propia espada y coincidía con la de Uriel con su propia armonía. Se aventuró: "¿Podríamos entrenar juntos alguna vez?"

Uriel, aunque terrible de contemplar, sonrió enormemente: "Me temo que si hiciéramos eso, ya no sería capaz de permanecer de incógnito. Quizás, algún día, cuando esta aventura esté completa, ambos podamos tener el placer. Espero ese día." Mirando al resto de la tropa, prometió: "Todavía estaré contigo, pero ya no seré visible". Y desapareció de su vista. Les tomó un momento recuperarse, pero cuando lo hicieron, Hannah se acercó y abrazó a Mishimar casualmente. "Estoy muy contento de que también hayas conocido a Chayeem". El resto asintió con su acuerdo y podría haber una lágrima en el ojo de Mishimar mientras él agotado mental y emocionalmente dijo: "¿Todos deberíamos irnos a nuestras camas?

Capitulo 15
El Mago

Este pequeño hombre de edad indeterminada, nunca sería confundido como débil o frágil. De cada poro de su ser exudaba un oscuro poder elemental. A menudo estaba parado a la mano derecha de Herodes, siempre cerca, ya sea en la sala del trono o en el comedor. Se llamaba Nebo y era el mago más confiable del rey.

"Nebo". Herodes habló con oscuro afecto: "Recuérdame cómo nos conocimos". "Su Majestad", en una voz como una caricia lenta, "Usted había desarrollado una herida infectada para la que no parecía haber cura. Te irritaba constantemente. Nadie lo sabía, ni su esposa, ni sus concubinas, ningún asesor de confianza, nadie, excepto la joven sirvienta sumeria que recogió su ropa de cama sucia. Un día susurró vacilante que creía saber quién podía ayudar. No le creíste, y sospechaste de algún complot, exigiste saber si pensaba ganar algo. ¡Ella dijo que no!" en un tono que casi le cuesta la cabeza. "¿Qué, ¿qué podría ayudarme?" dijiste sarcásticamente.

"El mago, Nebo". ella respondió valientemente. Nebo continuó: "Sorprendido por su coraje y lealtad, le perdonaste la vida y enviaste por mí". "Ah sí, lo recuerdo", reflexionó Herodes. "Ella me impresionó bastante y te hice dar a luz. Sin embargo, no te dije por qué razón. "Eso es verdad, mi Señor", continuó Nebo, "pero mi dios, Marduk, el dios que revela secretos, ya me había hablado de ti y de tu difícil situación y juntos él y yo te restauramos".

"Y después de haberme hecho este gran servicio", Herodes le sonrió, "¿Qué me pediste a cambio?" "Simplemente para servirte como yo sirvo a mi dios, continua y completamente". "Y lo que estás haciendo, lo que estás haciendo". Herodes se rió entre dientes, cuando extendió la mano y acarició la mano de Nebo, la que sostenía su bastón de poder. Herodes se rascó la barbilla, "Parece recordar que antes de esta ocasión, mi centurión Anthony, me había hablado de ti. Durante la traición de mi esposa, dijo que podrías ayudar a frustrar los planes de mis enemigos. Creo que incluso lo envié para concertar una reunión contigo. "Sí, lo hiciste, Señor", Nebo recordó bien la historia. Más tarde le habían dicho lo que había sucedido. "Pero tu esposa lo estaba siguiendo e intentó asesinarlo antes de que él me alcanzara. Después de sofocar su insurrección, todos olvidaron su intención anterior.

"Bueno", sonrió el rey, "has compensado más que mi lapso desde entonces. Con su ayuda, hemos podido cortar cualquier otro intento de golpe de raíz ". "Sí", dijo Nebo fingiendo humildad, "Marduk tiene nos iluminó a varias parcelas lo suficientemente temprano como para hacerlas ineficaces. Hablando de eso, debo rogarle que se vaya. Parece que podemos tener otra trama formulando ". Eso animó al rey. "Por supuesto, cualquier cosa que debas hacer".

Nebo dejó al rey y se retiró a sus propias habitaciones oscuras y su templo subterráneo de brujería. Allí tenía un altar negro dedicado a su dios Marduk. Nunca entró allí sin sacrificio. Esta vez fue especial. A través de sus oscuros contactos había asegurado a un niño nacido muerto del parto esa mañana. Trajo el cadáver y lo puso sobre el altar. Se preparó para destriparlo cuando una luz ardiente detuvo su mano. Ante él se erguía un imponente ser de indescriptible belleza. Cayó de rodillas, "¿Dios mío, Marduk?" El ser habló y parecía que todo el aire era sacado de la habitación. "Tengo muchos nombres, ese lo haré por ahora. Tengo algo para ti, Nebo. Se forjaron siete espadas cantantes para los dioses superiores. Traje a dos de los dioses y sus espadas conmigo en mi guerra contra los cielos. Quiero darle una de esas espadas a tu hijo, Nesher. ¡Tráemelo y mátalo en este altar! El ser desapareció, también el cadáver. "¡Qué!" gritó dentro de su cabeza, "¿Matar a mi hijo en el altar?" No tenía sentido ¿Cómo iba a darle Marduk a su hijo la espada del canto si lo hubiera matado en su altar negro? Desafortunadamente, él conocía el poder de Marduk. No era solo el dios de los secretos y la brujería. También fue llamado "el devorador de almas". Nebo tuvo que hacer lo que el Ser le ordenó o sufrir las consecuencias. Fue y encontró a su hijo, Nesher.

Nesher era un guerrero, el mejor luchador que su padre había visto, y lo dijo sin prejuicios. Luchó con asombrosa habilidad, mano a mano, o con cualquier arma en sus manos. Sin embargo, Nesher nunca había acompañado a su padre al templo subterráneo. Aún confiaba en su padre implícitamente. Después de todo, la sangre era sangre. Nebo nunca había visto a su hijo asustado, ni siquiera un poco y no era que Nesher fuera simplemente ingenuo. Parecía nacido sin un reflejo de miedo. Siguió a su padre por las escaleras y por el pasillo hasta que llegaron a una gran puerta adornada cubierta de signos y símbolos ocultos.

Nesher miró a su padre. "¿A dónde lleva esto, padre?" Había una lágrima en el ojo de su padre: "A un lugar tan secreto y sagrado que nunca lo he compartido con otra alma viviente, pero esta noche lo comparto contigo". Nesher se sorprendió. Sabía algunos de los oscuros secretos de su padre, pero fue una sorpresa que se lo hubieran ocultado. Que su padre ahora buscara compartirlo con él lo conmovió profundamente. Una lágrima brilló en su propio ojo y nunca lloró. “Gracias por confiar en mí con esto”. habló con voz ronca mientras señalaba la puerta.

Nebo tocó la puerta con su bastón y se abrió el camino. Entraron en la cámara oscura con su altar de piedra negra. “Hijo, necesito que te desnudes y te recuestes en el altar”. Sin dudarlo lo hizo. Nebo tampoco dudó al pensar: “Quizás Marduk resucitará a mi hijo, Nesher, de entre los muertos y luego le dará la espada”. Nebo retiró su cuchillo sagrado y lo levantó por encima de su cabeza, pero antes de que pudiera bajarlo, una luz deslumbrante llenó la cámara y el Ser se quedó allí nuevamente.

Él habló: «Ahora sé que puedo confiar plenamente en ti, porque me sacrificarías a tu hijo, tu único hijo». Sacó una espada en una vaina. Cuando la retiró de la vaina, Nebo no vio ninguna cuchilla, solo la empuñadura. El sonido que hizo trajo dolor a cada fibra del cuerpo de Nebo. Le tomó toda su fuerza mantenerse en pie. Nesher, en el altar, no parecía afectado. Marduk sostuvo la espada hacia Nebo, con las palmas hacia arriba, el pomo en una mano y el «sin cuchilla» que parecía descansar en la otra. “Esta es la espada Balak. ¡Tómalo!»

Con todo el coraje y la fuerza que pudo reunir, Nebo extendió la mano y agarró la empuñadura de la espada, deslizando su mano debajo del lugar donde debería estar la espada. Tan pronto como Marduk lanzó la espada a las manos de Nebo, la espada se hizo visible a los ojos de Nebo. Casi lo dejó caer, así que de repente desapareció el dolor.

El Ser siseó: “Los hebreos circuncidan a sus hijos varones como señal de dedicación a su insignificante dios. En lugar de matar a Nesher, lo circuncidarás dedicándome a mí. Fue una orden. No importaba lo que Nebo pensara, tenía que obedecer. Debería haber sido engorroso hacer con una espada lo que generalmente se hace con un cuchillo pequeño, pero a Nebo le pareció que la espada tenía una mente propia. Aunque Nesher entendió la ceremonia que se avecinaba, todavía no mostraba miedo. Ni siquiera se estremeció cuando Nebo comenzó. No parecía haber dolor, no había sangre, como si la cuchilla cauterizara la herida que creó. Para Nesher, todo parecía mágico, ya que no podía ver la hoja de la espada. Cuando Nebo terminó, Marduk habló: "Nesher, ¡ahora me perteneces! Nebo, vuelve a envainar la espada. Nebo lo hizo. "Nesher, ponte de pie y luego arrodíllate ante tu padre". Nesher obedeció. "Nebo, ahora puedes darle a tu hijo Balak". Nebo extendió la espada, en su vaina, en sus palmas, a su hijo. Nesher tomó la espada, aún arrodillado.

De repente se abrió una pared a la izquierda y la habitación detrás de ella se iluminó. Marduk hizo un gesto hacia la habitación. "Aquí y solo aquí practicarás con Balak hasta el día en que te envíe a destruir a mis enemigos", y el Ser desapareció. Nesher ató la espada a su cinturón y entró en la habitación, que parecía dispuesta como una cámara de combate, seguido por su padre. En el otro extremo había dos guardias y un prisionero. El prisionero parecía ser un guerrero extranjero con excelente salud y excelente condición física.

Lo desataron y le entregaron una espada. Nesher se preguntó por qué no atacó de inmediato a los guardias, sino que balanceó la espada de un lado a otro para sentirla. Dio dos pasos hacia Nesher y asumió una postura defensiva. Nesher atrajo a Balak y casi gritó por el puro placer físico y el poder que sentía. Mientras balanceaba a Balak, sintió que su cuerpo y alma se alineaban con su destino eterno. Aunque el prisionero demostró ser un excelente espadachín, no pudo competir con Nesher y su instrumento de muerte. Nesher lo despachó rápidamente. Los dos guardias arrastraron el cadáver fuera de la cámara mientras Nesher limpiaba la sangre, descubrió sorprendentemente, de la hoja. Lo volvió a enfundar y lo colocó en el receptáculo sobre la mesa que estaba a su derecha, que parecía hecha para la espada. Se volvió, abrazó a su padre y juntos salieron de la cámara, con el brazo de Nebo alrededor del hombro de su hijo guerrero.

Capitulo 16
La Otra Espada Caída

Hannah había pasado gran parte del día en los pozos de la ciudad preguntando si alguien sabía sobre el nuevo rey que había nacido. Escuchó algunos rumores sobre pastores que vieron ángeles y descubrieron un bebé nacido en el comedero de un refugio de animales en un pequeño pueblo a pocos kilómetros de distancia. Eso no sonó mucho como el nacimiento de un rey, excepto la parte del ángel. Mientras tanto, los Maestros y Mishimar hicieron lo mismo en todos los mercados. Escucharon historias similares, pero nada más. La parte del ángel de la historia puede ser significativa, pero ¿por qué el próximo rey nacería discretamente en un establo en algún lugar?

Esa tarde, después de la cena y compartiendo sus hallazgos del día, Hannah le preguntó a Mishimar con cautela una pregunta que había reflexionado durante algún tiempo: "¿Sabes qué le sucedió a la espada de canto que cayó con los otros Nephilim?" Una gravedad que rara vez veían se asentó sobre el rostro de Mishimar. "Sí, aunque la mayor parte de ese conocimiento es leyenda o mera especulación". Respiró irregularmente y suspiró profundamente: "Hubo numerosos gigantes durante la época de David, antes y después de que él fuera rey. Algunos dicen que por eso se detuvoen la corriente en su camino para matar a Goliat y recogió cinco piedras lisas.

Había al menos otros cuatro gigantes conocidos y no había garantía de que la promesa de Goliat: "Si me matas, seremos tus esclavos" sería un honor o si David tuviera que luchar contra los demás. También podría haber estado inseguro de poder dejar caer a Goliat con una sola piedra. En cualquier caso, David luchó contra otros gigantes después de convertirse en rey. Algunas de esas batallas están registradas en tus antiguas Escrituras. En una de esas batallas se enfrentó al gigante Ishbi-benob. David y sus ejércitos estaban luchando contra los filisteos nuevamente cuando Ishbi-benob salió al campo. No sabemos qué altura tenía, mientras que Goliat tenía más de seis codos, pero su nombre se puede traducir como "habitando en las alturas". Sabemos que el peso de su lanza era solo la mitad del de Goliat. Aún así, eso lo convirtió en un arma impresionante. Es curioso observar una serie de otras cosas en la historia. Ishbi-benob tenía la intención de matar a David, quien era el "único" asesino gigante en ese momento. David estaba cada vez más cansado de la lucha, e Ishbi-benob estaba luchando con una "espada nueva". La palabra "espada" no está realmente en el texto. El cronista no podía decir qué era, solo que Ishbi-benob lo empuñaba "como una espada", supongo. Tampoco dice con qué luchaba David, pero puede haber sido la espada que le quitó a Goliat ".

Hannah intervino: "Entonces, ¿con qué peleaba Ishbi-benob?" La gravedad de Mishimar se había ido, mientras comenzaba a disfrutar la narración: "La leyenda dice que el otro arcángel que había caído en la rebelión con Halel también tuvo un enlace con una mujer moabita y que el fruto de esa relación ilícita fue Ishbi- benob Aunque no tenemos registro de las grandes obras que hizo, como el asesinato de Goliat del Ariel, se dice que realizó algunas hazañas increíbles contra los enemigos de Moab para demostrar su derecho a ser adorado como un semidiós.

El Ángel de la Belleza Indescriptible también honró la ceremonia de la madurez de Ishbi-benob y le legó la espada de canto de su padre. Esa espada, que llevaba tanto tiempo dedicada al servicio de la oscuridad, ya no reflejaba la luz, sino que la absorbía todo para parecer prácticamente invisible. Solo cuando se dibujaba, cuando cantaba su armonía discordante, se podía percibir, excepto por la persona que lo manejaba. Lo que el ángel le entregó a Ishbi-benob parecía ser una espada, pero cuando el ángel le ordenó que tomara la espada y la sacó, todos los invitados a la ceremonia cayeron al suelo en convulsiones por su discordia. La espada invisible se llama Balak, el vacío.

Hannah volvió a hablar: "¿Entonces la batalla entre David e Ishbi-benob pudo haber sido una batalla de dos espadas cantoras?" "Lo que explicaría por qué el texto dice que David, el campeón de Israel, se estaba cansando". confirmó Mishimar. "¿Y entonces qué pasó?" Hannah casi suplicaba. "Parece que Ishbi-benob estaba tan decidido en su propósito de matar a David que Abashai, el hermano de Joab, el general de David, pudo escabullirse de un golpe y matar a Ishbi-benob. Las leyendas dicen que la espada invisible se convirtió en la recompensa de Abashai por matar al gigante y que cuando él y su hermano dejaron de ser empleados del rey, se llevaron la espada. A partir de ahí cayó en la oscuridad ".

"¿Y ese es el final de la historia de la segunda espada?" Hannah preguntó. "No exactamente." él respondió. "Hace unos meses, en mis viajes, me encontré con un profeta errante. Cuando lo conocí, actuó como si acabara de abofetearlo. Rápidamente recuperó la compostura, dio un paso adelante, agarró mi camisa y dijo: "Encontrarás el vacío en la mano del mago y su intención será destruirte también". No es particularmente reconfortante. Tal vez podamos hablar de algo mejor antes de irnos a la cama.

Hannah de mala gana dejó la historia sin terminar en ese momento. ¿Qué quiso decir el profeta? Tenía tantas preguntas revolviéndose en su cabeza y corazón, pero hablaron de otras cosas antes de irse a sus respectivas camas para dormir tan necesario. De repente, en medio de la noche, llamaron sin cesar a la puerta de su suite de habitaciones. Seph abrió la puerta y varios guardias se abrieron paso hacia la habitación y dieron paso a su centurión. Mishimar se colocó instintivamente delante de Hannah. Tenía su espada en la mano, aunque todavía estaba envainada. Ella lo empujó a un lado para ganar espacio para maniobrar. El centurión habló secamente, no una petición, sino una orden. "Por favor, disculpe la hora tardía, ¡pero el rey requiere su presencia! Vístete rápido y te acompañaremos hasta él. ¿Cómo te vistes para una audiencia con el rey y, sin embargo, mantienes el truco de ser simples comerciantes? Hicieron lo mejor que pudieron, Hannah con una muselina azul profundo y los hombres con la única ropa limpia que no llevaba ropa de viaje. Cuando Mishimar salió de su habitación, estaba ceñido con su espada cantante.

La mano del centurión fue inmediatamente a la empuñadura de su propia espada, "¡No puedes traer un arma a la presencia del rey!" Obviamente ordenó la situación. Mishimar respondió: "Bueno, estoy seguro de que no lo dejaré aquí". El centurión extendió su mano, "¡Déjame verlo!" Con renuencia, Mishimar lo desabrochó y se lo entregó. El centurión lo tomó y lo retiró parcialmente. Sus ojos se abrieron. Miró fijamente a los ojos de Mishimar, una mirada de profundo agradecimiento en su rostro. "Esta es una cuchilla maravillosamente fina. Tienes mi palabra de que me encargaré de ti. Era difícil para él no codiciar la espada, pero como oficial su juramento era sólido como una roca. Una vez que salieron del conjunto de habitaciones y de la posada, los guardias se formaron a su alrededor para protegerlos y los llevaron al palacio.

Capitulo 17
Ante el Rey

Marcharon al palacio sin incidentes, aunque la última hora de la tarde tuvo cierto frío. Herodes diseñó su palacio para intimidar y tuvo éxito. La piedra pulida y el mármol brillaban impecablemente con todas las antorchas encendidas. Acentos de oro y plata y lujosos muebles estaban en todas partes. Los soldados los dejaron en una gran antecámara, completa con un sirviente, que obviamente recién despertó, les ofreció dulces, fruta fresca y bebidas, todo lo cual rechazaron. Después de una espera respetable, para mostrarles su lugar, el centurión regresó para llevarlos a la corte del rey. Ya no sostenía la espada de Mishimar. Sentado en su trono, en medio de un esplendor extravagante, pero con solo un puñado de criados, sentó a Herodes el Grande, la espada de Mishimar sobre sus rodillas. "¿Quién reclama esta espada?" Exigió Herodes.

Mishimar dio un paso adelante y se inclinó ligeramente. "Soy Mishimar y es mío, Su Majestad", dijo con calma. El rey lo miró de arriba abajo lentamente, intentando unir al hombre con la espada que sostenía. "¿Y de dónde vienes con un arma tan extraordinaria?" Mishimar permaneció inquebrantable bajo la evaluación del rey: "Mi padre me lo entregó y tenía lo recibió de su padre "."¿Tienes alguna idea de su valor?" el rey cuestionó.

"Señor, significa mucho más para mí que cualquier dinero valor que se le puede atribuir ". Mishimar respondió abiertamente. "Markus". El centurión dio un paso adelante cuando el rey extendió la espada, "Cuida muy bien esto mientras esté en mi palacio. Es un arma apta para un dios, y mucho menos para un rey. Herodes le entregó la espada y luego volvió a mirar a Mishimar. "No creo que haya alguna forma de convencerlo de que se separe de él". Mishimar sacudió la cabeza, "No, señor, no mientras tenga aliento". Luego se arrepintió un poco de la forma en que lo había dicho. "¿Y quién acompaña a un hombre con semejante espada?" preguntó el rey. "Mis compañeros son los Maestros orientales de idiomas, misterios y religiones. ¿Puedo presentarles a Seph, Raz y Chok? Cada uno dio un paso adelante y se inclinó cuando los presentó. Luego Mishimar agregó con una pequeña sonrisa: "Y su cocinera, Hannah, su Majestad". "No parecen Maestros de nada, pero ella parece mucho más que una simple cocinera". Él sonrió, entrecerrando los ojos. "Las apariencias pueden ser engañosas, señor. Hemos viajado una gran distancia sin ningún problema, en parte a través de ese engaño ". Mishimar continuó. "¿Y por qué has venido a mi reino?" preguntó el rey.

Seph ahora dio un paso adelante. "Estoy seguro de que lo sabe, su Majestad". hizo una pausa, "No quiero faltarle al respeto, pero buscamos al" nuevo "rey de los judíos. Hemos venido a adorarlo ". Herodes se erizó ante eso, pero trató de no mostrarlo. Él se levantó lentamente. "Soy el rey de los judíos".Seph continuó: "Actualmente, sí, pero nos han llevado aquí a conocer a un niño que ha nacido.... "¿Conducido aquí? Conducido aquí, ¿por quién? El rey notoriamente mantuvo un fuerte control sobre sus emociones. Seph miró a los demás casi suplicante. "Su.... La estrella se nos apareció en Oriente y ... hemos seguido a esa estrella hasta aquí ". El rey se relajó: "Apareció una estrella, ¿estás siguiendo a esa estrella y te ha traído hasta aquí? ¡Debes pensar que soy un tonto! Ahora era el turno de Seph para sonreír. "Perdóneme, Su Majestad, pero de acuerdo con nuestros estudios y nuestras tradiciones, tal estrella solo parecería anunciar el nacimiento de una gran persona y hemos viajado muchos meses para encontrarlo". El rey abruptamente se volvió hacia su centurión, "¡Markus, llévalos de vuelta!" y señaló la antecámara.

Marcus los llevó de vuelta a la cámara y se encogió de hombros ante su mirada preocupada, y los dejó allí de pie mientras regresaba a la sala del trono. Herodes se sintió perturbado. Llamó a los magos, hechiceros, sacerdotes, asesores, todos ellos y luego salió de la sala del trono. Debido a la hora, les tomó un tiempo reunirse a todos, y luego más tiempo mientras discutían sobre quién debería pararse en su sala del trono. Nebo y su hijo entraron en último lugar. Fueron y se pararon en el estrado del rey, justo detrás del hombro derecho de su trono. El rey volvió a entrar y todos se inclinaron. El rey se sentó y habló lenta y deliberadamente: "Algunos hombres han venido del Este buscando un nuevo rey". Pronunció las siguientes palabras con amenaza, enfatizando cada palabra. "¿Dónde está este nuevo rey?" Sin nervios, se miraron con miedo. Uno se aventuró: "¡No tenemos más rey que tú, oh Herodes!" Muchos de ellos asintieron.

"¡Silencio!" él gritó. "¡Te hice una pregunta! ¿Dónde está este nuevo rey que nació? "Uno de los sacerdotes, un erudito en las escrituras hebreas, dio un paso adelante y dijo:" Mi Señor, nuestras escrituras profetizan que él nacerá en Belén. Dice: Belén, mientras pareces un pequeño eres lejos de ser insignificante. Porque de ti surgirá un gobernante que reunirá a todo mi pueblo. Porque él es enviado desde la antigüedad ... Herodes lo interrumpió: "Belén, este rey será ¿Nació en Belén? "Por lo que parece, mi Señor". El sacerdote respondió. "¿Cuando? ¿Cuándo va a nacer? ¡Cuéntame, cuéntame!"

Sus emociones parecían a punto de resbalarles.

Todos se miraron confundidos. Nebo se inclinó y susurró algo al oído del rey. "¡Fuera, fuera! ¡Todos ustedes!" gritó el rey. Luego habló con más calma a Markus: "Trae a esos hombres y esa mujer de vuelta aquí". Marcus salió de la sala del trono a la antecámara y los llevó a los cinco a la presencia del rey. El rey los miró fijamente: "¿Cuándo nació este niño? ¿Cuándo se te apareció su estrella por primera vez? Seph nuevamente se convirtió en su portavoz, "Han pasado casi dos años desde que la estrella se nos apareció por primera vez". Una sonrisa se extendió lentamente por el rostro del rey mientras les hablaba con calma: "Ve a Belén y encuentra al niño. Cuando lo encuentres, vuelve a verme y dime que puedo reconocerlo. Nebo se inclinó y volvió a susurrarle al oído, y el rey modificó sus palabras, "y que yo también pueda ir a adorarlo". Y el rey los despidió.

Capitulo 18
Hacia Belén

Una vez fuera de la sala del trono, le preguntaron a Markus: "¿Por qué nos envía el rey a Belén?" Los miró confundido y luego se dio cuenta de que no habían estado en la sala para el discurso anterior. "El rey reunió a todos sus magos, hechiceros, sacerdotes, consejeros y preguntó dónde nacería este nuevo rey. Eleazar, el sacerdote, también es un erudito y cita de sus escrituras hebreas una antigua profecía que decía que el rey nacería en Belén ". Markus los condujo todo el camino fuera del palacio, al patio del rey, y luego preguntó vacilante. "Mishimar, antes de devolverte esta maravillosa espada, ¿te pido que la balancee varias veces?" Mishimar miró a sus amigos que se encogieron de hombros. La decisión fue solo suya, excepto que Hannah sonrió y asintió con la cabeza. Eso lo hizo más fácil. Miró hacia la izquierda y hacia la derecha en el patio desierto. Él sonrió y le habló, soldado a soldado: "Puedo hacerlo mejor que eso. Si me prestaras tu espada, podríamos entrenar por unos minutos.

Markus giró su espada, el pomo primero, hacia Mishimar sin dudarlo. Mishimar tomó algunos columpios de práctica mientras Markus dibujaba a Hane, le entregó la vaina a Hannah y tomó sus propios columpios. La espada cantaba suavemente, lo que Mishimar notó como inusual. Una espada cantante solo debe cantar para su dueño. Quizás algo había sido omitido de las leyendas. La sonrisa de asombro en el rostro de Markus casi hizo llorar en todos sus ojos.

"¿Qué tan bueno es usted?" Mishimar preguntó sinceramente. La sonrisa de Marcus se amplió, "Creo que me he vuelto mucho mejor". Un centurión excepcional, Markus lideró con el ejemplo y no solo con el comando. Que luchó junto a sus hombres se hizo rápidamente evidente. Mishimar estaba ciertamente contento de haber estado entrenando casi todas las noches durante las últimas semanas con Hannah, porque en las manos de Markus, Hane definitivamente había cobrado vida. Si bien no era una batalla real, su sesión de entrenamiento fue tan maravillosa de escuchar como de contemplar. Afortunadamente, la canción de Hane absorbió el repiqueteo normal de la preservación, y a un volumen moderado, de lo contrario, la belleza de la misma habría despertado todo el palacio. Pelearon probablemente más de lo que ninguno de los dos había planeado inicialmente, debido a la maravilla. Finalmente se detuvieron, ambos jadeando profundamente y sudando mucho. Markus de mala gana se acercó a Hannah para vaina y enfundado a Hane. Mishimar le devolvió su espada a cambio de Hane. "Puedo ver por qué fue tan difícil separarse de tal arma. Desearía tener tiempo para escuchar su historia, pero debo volver a mi publicación ". Markus dio un paso adelante, los dos antebrazos apretados a la manera romana, y antes de darse cuenta, Mishimar lo había abrazado. "Ha sido un verdadero placer conocerte, Markus". Entonces su tono se volvió reverente. "El hecho de que mi espada, Hane, cantaba en tu mano es de especial interés". Sonrió ante el juego de palabras que acababa de hacer, y continuó. "Una espada de canto usualmente solo canta para su legítimo dueño, no es que realmente tengas una espada de canto.

Que él haya cantado para ti puede significar que los dos puedan volver a encontrarse ". Markus buscó palabras, probablemente una nueva experiencia para él, pero se recuperó. "Gracias por esas palabras y la oportunidad de ..." De nuevo se quedó boquiabierto de emoción, mientras miraba ansiosamente la espada, "para ... entrenar con él".

"Definitivamente eres bienvenido", mientras ataba a Hane de nuevo. "Espero que nos volvamos a ver". Markus los saludó a todos, "' Hasta entonces, que tu Dios te acelere en tu búsqueda para encontrar al rey ". Y se volvió y regresó enérgicamente al palacio. Seph habló: "Mishimar, ¿puedes llevarnos de vuelta a la posada desde aquí?" Él se rió entre dientes, "ciertamente puedo", y se fueron. Una vez en sus suites, fueron a sus habitaciones individuales, baños y se prepararon para acostarse. Habían acordado reunirse en el comedor durante unos minutos antes de retirarse, pero cuando se reunieron, su viejo favorito había llegado antes que ellos.

Seph comenzó, "Uriel, ¿estuviste allí para todo eso?" Uriel sonrió. Era mucho más fácil hablar con él cuando aparecía como un hombre en lugar de hacerlo cuando tenía alas y todo lo que se alzaba sobre ti. "Sí, estuve allí y Eleazar tiene razón. Nos iremos a Belén por la mañana. "¿Y lo estaremos buscando?" Preguntó Seph. Uriel continuó: "Un niño de apenas dos años, quedándose allí con su madre y su padre. Los tres individuos son únicos y especiales más allá de lo que imaginas ". Hannah intervino: "¿Y las historias sobre su nacimiento en un establo? Esa parece una forma extraña de que el rey de los judíos entre al mundo ".

"Ah, sí, mi amigo Gabriel ha sido parte de todo eso, desde la concepción del niño, sus viajes desde Nazaret, su nacimiento, hasta ahora. The Promised One ha entrado en el mundo de incógnito y está viviendo una vida discreta, como usted y sus viajes. Pero ten por seguro que él es el Prometido de antaño. Como le dijeron a su padre: "Y lo llamarás Jeshua porque él salvará a su pueblo de sus pecados". Ese es su destino ". Chokmah finalmente encontró una voz, "¿Y nuestra parte en todo esto?"

"Ah, creo que puedes confiar en Chayeem para continuar guiándote como lo ha hecho hasta ahora. Y, por supuesto, estaré contigo tanto si puedes verme como si no. Ah, y sus preguntas sobre el rey en Belén, deben ser discretas. Uriel se levantó y Mishimar con él. Vacilante, preguntó: "Uriel, ¿eres un ángel o una estrella?" Uriel sonrió característicamente: "Esa es una pregunta interesante, Mishimar. Si tomas una fuerza casi inimaginable, poderosa y potencialmente destructiva y la haces girar en una esfera, tendrías una estrella. Parado aquí con usted, tiene una persona que puede cambiar de un ser aterrador de ocho codos de altura, completo con una espada que canta ", y le guiñó el ojo" a un anciano amable ", su sonrisa se amplió," en un abrir y cerrar de ojos ". de un ojo ¿Que pensarias?"

Bajando la cabeza, Mishimar respondió: "No sé, por eso hice la pregunta". Uriel continuó: "Déjame hacerte una pregunta a cambio. ¿Puedes ser un guerrero contra el mal y también un amante de Hannah? Mishimar miró a Hannah y se sonrojó. "Ahí, creo que tienes mi respuesta". y desapareció Mishimar volvió a sentarse, todavía sonrojado. Los tres maestros se apartaron de sus sillas, se levantaron y se excusaron. Hannah permaneció sentada, todavía un poco sorprendida.

"¿Me amas?" Hannah se aventuró. Mishimar asintió con la cabeza en silencio arriba y abajo, mirándola atentamente. "¿Cuándo me ibas a decir?" Con timidez respondió: "Tenía miedo de creerlo hasta este mismo momento". "Hmm", casi canta, "es como la primera vez que conoces a Chayeem. A pesar de que está sucediendo, no estás completamente seguro de que realmente esté sucediendo ". ella se arrodilló para poder mirarlo a los ojos bajos. "¿Y usted?" se aventuró. Ella extendió la mano, tomó la mano de su espada, se la llevó a los labios y respondió: "Creo que podría decir, al menos amo esta mano". Él la miró a los ojos cuando su corazón se llenó. Sabía que ella significaba mucho más que eso.

Capitulo 19
La Segunda Carga

A la mañana siguiente, después de que los viajeros del Este partieron, Herodes llamó a Nebo mientras terminaba su desayuno. El rey se sentó en una mesa lujosamente provista de comida preparada de todo el país, junto con muchas frutas y verduras frescas. Nebo entró y se paró frente a la mesa del rey. "¿Me llamaste, Su Majestad?" El rey levantó la vista, con la boca aún llena, y murmuró: "Sí, ¿qué pensaste sobre los acontecimientos de la noche anterior y este nuevo rey?" Una sonrisa malévola comenzó a extenderse por la cara de Nebo. "Esto confirma lo que mi dios me ha estado diciendo acerca de una amenaza muy real para su trono". Herodes recogió una astilla de madera y comenzó a morderse los dientes. "Pero él es solo un niño. ¿Tenemos que preocuparnos por él ahora? "Mi Señor", continuó Nebo, "es más fácil arrancar una maleza, antes de que tenga tiempo de establecer raíces". Herodes dejó la astilla y le dio a Nebo toda su atención. "¿Y cómo propondríamos que hagamos eso?" La sonrisa de Nebo se extendió más, "Déjamelo a mí, Su Majestad. Yo me encargaré de ti.

Herodes también sonrió, "¿Qué hice sin ti, Nebo?" "No importa, me tienes ahora, su Majestad". "Sí, sí", reconoció, "lo hago de verdad. Bueno, solo cuídalo. Usa los recursos que necesites. ¿Cuántos hombres necesitarás? "Gracias, mi Señor, pero no requeriré hombres. Me ocuparé de esto clandestinamente. Nebo se volvió y dejó la presencia del rey. Herodes regresó a su desayuno con renovado vigor. Nebo fue a sus habitaciones a esperar el regreso de su hijo. Mientras esperaba, entró en su estudio y recuperó un antiguo libro de hechizos que le habían dado de joven, desde su escondite seguro. Si alguien supiera que este libro valía todo el oro del reino, saquearían su lugar para encontrarlo, pero no lo encontrarían. Su escondite estaba oscurecido con sus propios hechizos de ocultación. Aunque no es invisible, bien podría haberlo sido, porque cuando lo miraste inmediatamente tu atención se desvió. Nebo a menudo se preguntaba si el hechizo también funcionaría en una persona, pero cuando lo probó en un pequeño gatito, el gatito no pudo ver dónde estaba y había vagado en un círculo hasta que cayó del cansancio. Aunque el gato estaba justo a sus pies, Nebo tampoco pudo verlo hasta que el hechizo se rompió cuando el gato perdió el conocimiento. Tendría que encontrar una manera de proteger el siguiente tema en el que se lo probó. Pasó el resto del día repasando el libro en un vano intento de encontrar algo para ayudarlos en esta tarea actual. Cuando Nesher llegó a casa, su sirvienta, Zerah, tenía la cena lista para ellos. Después de que ella le contó al rey sobre Nebo, el rey la recompensó enviándola a servir a Nebo y a su hijo. Ella cocinaba, lavaba, mantenía su casa e intentaba anticipar sus necesidades. Ella se volvió virtualmente indispensable o tal vez, debido a su laboriosidad, descubrieron que no requería otros sirvientes.

Nesher le dio unas palmaditas a Zerah con bastante familiaridad mientras les servía la cena. “Otro día vigilando al rey. Sería bastante aburrido si no hubiera algo que esperar “. Le guiñó un ojo a Zerah mientras ella servía a su padre. “Me temo que tendrá que terminar sus actividades nocturnas rápidamente y descansar un poco antes", dijo Nebo a su hijo. "Necesitaré que me veas en mi templo subterráneo a la medianoche de esta noche". Nesher pensó que sus planes nocturnos originales contenían más encanto. "¿Tienes algo especial planeado?" Esa podría ser una opción. "¿O un nuevo socio ahorrador para mí?" Eso sería preferible. "Algo especial", respondió Nebo, "no es un nuevo socio. A Marduk le gustaría reunirse con nosotros. Zarah miró a Nesher con cautela. Algo sobre su nuevo servicio que ella considera una mejora. Nesher estaba extremadamente en forma, muy bueno a la vista y parecía realmente satisfecho con su servicio. Sin embargo, otras condiciones no habían mejorado. Mientras servía a un rey volátil y violento, había sido como caminar diariamente por la cuerda floja sobre un pozo de caimanes, Nebo y su relación con el dios Marduk la asustaron sin medida. Ella desapareció rápidamente en la cocina. Nesher la vio partir con nostalgia, "¿Sabes lo que quiere Marduk?" "Creo que tiene algo que ver con el nuevo negocio rey de anoche". Los ojos de Nesher se abrieron, "¿Estás pensando que podemos necesitar alinearnos con él cuando todavía es un niño?" "No estoy seguro de lo que quiere, tendremos que esperar y ver". El resto de la comida transcurrió con una charla intrascendente.

Más tarde, a medianoche, Nesher se encontró con su padre en el templo, en la habitación con su altar negro. Sobre el altar había un pequeño tazón de sacrificio, que generalmente contenía la sangre de algún animal. Al menos no era él en el altar. Nebo acercó su bastón al cuenco y el contenido se encendió, arrojando un humo bastante penetrante. Mientras el humo llenaba la habitación, Nebo continúa murmurando algunos encantamientos ininteligibles. Cuando terminó, el humo se aclaró para revelar un ser de belleza indescriptible. Nebo se arrodilló ante él y Nesher hizo lo mismo. "¿Nos requieres, mi Señor?" Nebo se aventuró. El Ser habló con una voz melódica, pero algo discordante, "Sí, creo que el rey fue visitado por algunos hombres del Este anoche, uno que portaba una espada maravillosa". "Sí, mi señor, buscan un niño que dicen que se convertirá en rey", respondió Nebo. "Rey, bah! Imposter es más como eso ". Su canción casi lastima sus oídos. "El niño necesita ser destruido". "No tienes más que decirnos dónde está, Señor, y lo haremos realidad", intervino Nebo con confianza. "¡No sé dónde está!" escupió: "Está más allá incluso de mi visión". "Dijeron que estaban siguiendo a una estrella y que los conduciría a él". Nebo repitió lo que había escuchado. "¡No siguen a ninguna estrella!" Rugió Marduk. "¿Creyeron ustedes idiotas sus tontas diatribas?" "¿Qué quieres que hagamos, mi Señor?" Esto no iba muy bien. "¿A dónde se dirigían?" Marduk siseó. "El sacerdote hebreo, Eleazar, citó de sus antiguas escrituras, una profecía que decía que el nuevo rey nacería en Belén. Ellos irán allí ", informó Nebo.

"Belén, Belén, Belén", fue casi un canto. "Sí, eso tiene sentido. ¡Ve a Belén! Haga un campamento en las colinas y establezca su base de operaciones allí. Haz que tus espías vigilen a los hombres del Este y cuando encuentren al impostor, repórtate a ti. Haré que mis espías también busquen. Luego lo atacaremos y destruiremos. Glee volvió a su voz. "¡Sí, esto puede muy bien funcionar! ¡Nesher, toma la espada, Balak, contigo! ¡Ve rápido, no hay mucho tiempo! " El panel de la cámara de combate se abrió y el Ser desapareció dejando atrás el hedor a carne quemada. "Nesher", dijo Nebo con firmeza, "agarra la espada. Debemos empacar rápidamente y estar en camino dentro de una hora. No hay tiempo que perder. Nesher se acercó a la mesa y agarró la vaina, sintiendo una vez más el increíble poder de esta arma. Se sintió invencible.

Capitulo 20
Una Posada Final

El día comenzó mucho y siguió haciéndose más largo. Vagar por un pueblo discretamente preguntando a todos si sabían dónde se hospedaría el rey sería difícil, pero durante el almuerzo habían desarrollado un plan. Belén está a solo 6 millas de Jerusalén, así que empacar después del desayuno y viajar esa corta distancia había sido bastante fácil. Les llevó un tiempo encontrar una posada que pudiera satisfacer sus necesidades, ya que nadie consideraría a Belén como un lugar fascinante para visitar. Finalmente decidieron alquilar una casa en las afueras de la ciudad que tenía suficientes habitaciones y su propio establo. Lo alquilaron durante la semana, sin saber cuánto tardarían sus negocios. A Hannah le resultó más fácil hacer consultas discretas. Muchas mujeres pasaron entre mujeres en los pozos y en los mercados. Mishimar y Seph se fueron en una dirección para visitar varias posadas y comerciantes en toda la ciudad, mientras que Chok y Raz se fueron en la otra dirección.

Seph se vistió un poco más próspero que de costumbre e incluso trajo consigo una bolsa de muestras de tela. A menudo se preguntaba por qué se le había pedido que los trajera al viaje. Mishimar simplemente actuó como su guardaespaldas. Esperan sinceramente que nadie intente robarles. Una vez que la espada del canto de

Mishimar fuera sacada de su vaina, el gato estaría fuera de la bolsa.

Aunque Seph no era un gran bebedor, se alegró de haber mantenido bien su licor, ya que la mayoría de los comerciantes acomodados que visitaron esperaban discutir sobre el vino. No esperaban que Mishimar bebiera con ellos, afortunadamente. Necesitaba todo su ingenio sobre él. El letrero en este establecimiento actual decía: "Asher's Fine Textiles". Una pequeña campana sonó cuando entraron. Una mujer joven vestida con mucho estilo los recibió. "¿Como puedo ayudarte?" Ella preguntó. Seph sonrió. Tenía una sonrisa maravillosamente desarmadora. "Me gustaría ver a su propietario, si está dentro". Su sonrisa igualó la de él, "Sí ... ELLA está adentro, ¿puedo preguntar quién llama? " Sacó una moneda de oro de su bolsillo, buscó en su bolso, sacó un pequeño cuadrado de seda que envolvió alrededor de la moneda y se la entregó. "Soy Sepheth, un comerciante de telas", se rió entre dientes como si apenas lo describiera, "de las cortes reales de Oriente. Estoy buscando expandir mi red de distribución. Por favor, lleva este regalo a tu amante. Tomó su mano entre las suyas y antes de tomar el paquete, sostuvo su mano un poco más de lo esperado, mirando la fina costura de su manga. Cuando soltó su mano, lo miró a los ojos y los suyos brillaron de alguna manera. "Sí, señor, se lo diré". Si pensaran que el empleado estaba bien vestido, su amante podría haber sido una reina. Su vestido era exquisito en todos los aspectos: material, corte, bordados, botones y broches, acentos, y todo se ajustaba exactamente a su forma y semblante. Obviamente había sido hecho para ella y para ella sola. Su efecto dejó a ambos hombres aturdidos. Seph luchó contra el impulso de arrodillarse mientras caminaba hacia él y extendía su mano. Él tomó su mano y se la llevó a los labios mientras se inclinaba sobre ella. Queriendo exclamar: "Su majestad ..."

Lo que sí dijo, cuando recuperó el aliento, fue: "Señora, esto es un placer extremo. Soy Sepheth, pero sería un privilegio si me llamaras Seph. Él encontró su sonrisa tan impresionante como su vestido: "Y yo soy Abigail. Creo que has conocido a mi hija Miriam. Eso explicaba por qué la joven se vestía y actuaba mejor que el empleado habitual. "Sí tenemos." Él se inclinó hacia ella también. Abigail lo miró directamente a los ojos, "Y aunque estás vestido muy bien, Seph, ¿definitivamente no eres un comerciante de telas, pero ciertamente estás bien educado?" Seph bajó la cabeza, su artimaña lo hizo sentir incómodo. "Ah, sí, lo siento por eso. Estamos tratando de hacer algunas consultas discretas y es difícil hacerlo como nosotros mismos. Me temo que no soy particularmente experto en el engaño o la actuación ". Todavía sonriendo, "Oh, hubieras engañado a la mayoría, pero no a mí, me temo".

Algo sobre esta mujer lo desconcertó: "Una vez más, me disculpo por la artimaña". Ella extendió la mano y le tomó la mano, "Entra en mi salón y podemos hablar en privado". Seph se sonrojó cuando ella lo tocó. "Tu guardaespaldas", y le guiñó un ojo a Mishimar, "puede hacerle compañía a mi hija". Ahora era el turno de Mishimar de sentirse incómodo. Miriam hizo un gesto con la mano hacia la sala de estar y abrió el camino. "¿Te gustaría algo de té?" Abigail ya tenía una olla, cubierta con una manta cálida, y unas delicadas tazas y platillos de porcelana sobre una mesa ornamentada entre dos grandes montones de cojines de terciopelo. Él asintió y ella le hizo un gesto para que se sentara mientras ella servía el té. Sin embargo, esperó hasta que ella le entregó su té y se sentó antes de que él se sentara también.

"Ahora, a sus discretas consultas". Cada vez que ella sonreía, él sentía como si el sol se estuviera rompiendo a través de la nube solitaria en un cielo azul profundo sin nubes. "Venimos del Este", comenzó, "eso es cierto".

Sentía que podía contarle todo mientras miraba a la izquierda. Allí, en la pared, colgaba la pintura más realista de un gran árbol en medio de un maravilloso jardín. En una placa debajo, grabada en hebreo, leyó la sola palabra, “Chayeem”. Jadeó audiblemente y ella se rió ligeramente, como el tintineo de una pequeña campana de plata. “Ah, creo que acabas de descubrir mi secreto”, dijo todavía riéndose.

¿Esta mujer siempre lo pillaría desprevenido? «¿Conoces a Chayeem?» «Sí», el sol todavía brillaba. «Durante la mayor parte de mi vida». Ahora sabía por qué podía hablar libremente. “Nos ha enviado aquí, buscando al Prometido. Conocimos a su estrella en el Este y él nos ha guiado hasta aquí ”. «Ah, ese sería Uriel, el que cubrió el jardín después de la rebelión». ¿También conoces a Uriel? ¿Quién demonios era esta mujer? Ella no respondió su pregunta directamente, tal vez su propia artimaña. «El niño que buscas y su madre se están quedando en una pequeña casa en las afueras de la ciudad». Ella habló de ellos tan fácilmente. “El niño nació aquí, en Belén, hace casi dos años. Su padrastro dirige una pequeña tienda de carpintería en la parte trasera de la casa «. “¿Padrastro, su padrastro? ¿Se ha divorciado y vuelto a casar? Algo no cuadró del todo aquí. «No.» Ella simplemente dijo: «Este es su primer matrimonio, pero el carpintero no es su padre». La incredulidad se apoderó de Seph. «¿Es ilegítimo?» «Tendrás que discutir eso con ellos. Podría enviarles un mensaje para que te esperen después de la cena.

No habría pensado que podría estar más asombrado, “¿Los conoces tan bien?” Estaba en peligro de quemarse con su sonrisa. “Solo diré que sí. ¿Quieres que haga eso por ti? “Por favor”, tartamudeó, terminó su té en un gran trago, y luego pensó que podría haber sido grosero, pero Abigail parecía imperturbable. Ella simplemente se puso de pie, le ofreció la mano y lo dejó caminar de espaldas a la puerta. Miriam y Mishimar se encontraron con ellos en el camino. Seph se inclinó y le dio las gracias profusamente, lo que simplemente aceptó gentilmente como todo lo demás que hizo. Después de que él y Mishimar habían salido unos cien codos de la casa, Seph rompió el silencio. ¿Miriam era tan cautivadora como Abigail? Oh, lo olvidé, ya estás enamorado. Seph continuó mirándolo con los ojos muy abiertos. "¡Toda esa experiencia desafió las palabras!"

El resto de la compañía estaba sentada en la cena cuando llegaron Seph y Mishimar. Durante sus discretas consultas, los demás habían descubierto fragmentos de información sobre una nueva familia que vivía en las afueras de la ciudad. Habían vivido allí unos dos años y el esposo se estaba haciendo un nombre como carpintero. Tenían un muchacho joven, se guardaron para sí mismos y allí terminaron los chismes. Luego llegó el turno de Seph y Mishimar. Todos los demás se quedaron hipnotizados cuando Seph describió su tiempo con Abigail y Miriam, por cómo ella rápidamente vio a través de su disfraz, hasta ofrecerle un mensaje a la familia. "Dijo que les diría que nos esperaran esta noche después de la cena".

Todos se unieron con algo como: "¡Bueno, eso no nos da mucho tiempo para prepararnos!" y saltó de la mesa. Mishimar ayudó a Hannah con los platos, "¿Te lavas y yo me seco?" Preguntó. Ellos eran pasar más tiempo juntos mientras florecía su romance. Ella lo dejó para que terminara de secarse para poder hacer sus propios preparativos para encontrarse con el niño rey. Mishimar todavía llevaba su mejor ropa limpia. Eso tendría que hacer. Al menos tenía una espada para cantar.

Capitulo 21
Una Simple Casa

Maria y Jose realmente habían disfrutado estos últimos dos años. Debido al escándalo en torno al nacimiento de Jeshua, ella no pudo ocultar su embarazo, se casaron en una pequeña ceremonia. Luego vino el censo y el difícil viaje a Belén. Casi no habían llegado a tiempo para su nacimiento. Lo que había sido aún más difícil de soportar fue el rechazo. En una ciudad llena de gente, muchos de los cuales eran parientes, nadie les mostraría hospitalidad, incluso con su embarazo avanzado. Si no hubiera sido por un empático dueño de posada y su esposa, probablemente habrían tenido que entregarlo en el campo o algo peor. Así las cosas, María dio a luz en un establo y el bebé fue acostado en un bebedero. Al menos lo mantuvieron cálido y seco allí, entre todos los animales. El parto parecía fácil para un primer hijo. La esposa del posadero había actuado como partera y habían dormido bastante bien hasta que aparecieron algunos pastores con historias de apariciones angelicales y proclamas: "Porque para ustedes esta noche en la ciudad de David, ha nacido un salvador, el ungido del Señor. " Lo llamaron salvador y lo adoraron. Más tarde siguió las profecías en su circuncisión y dedicación. Un hombre llamado Simeón había dicho: "Y una espada perforará tu propia alma ..."

"¿Qué demonios significa eso?" pensó. Anna, que fue al templo todos los días, dio gracias a Dios y habló a todos los que esperaban la redención de Israel sobre su hijo. Regresaron a Nazaret, pero encontraron una recepción tan fría entre sus familiares que regresaron a Belén durante los últimos dos años. Jeshua estaba tomando su siesta y Joseph había entrado de su tienda, "¿Crees que siempre será así, Joseph?" Se sintieron solos, pero felices: "Creo que estamos empezando a ser aceptados lentamente".

"Eso es porque tu trabajo es maravilloso, mi esposo". Ella lo admiraba por la reputación que había construido en tan poco tiempo. Aquellos que habían considerado ilegítimo a su hijo se habían ido y, afortunadamente, habían mantenido sus puntos de vista principalmente para sí mismos. Pero aún así, tomó mucho trabajo arduo iniciar un negocio en una nueva ciudad. Había comenzado haciendo simples implementos agrícolas, pero recientemente había completado algunos hermosos muebles. Ahora tenía varias comisiones esperando que encontrara el tiempo para completarlas.

"Sí, incluso con nuestro comienzo aparentemente desafortunado, parece que estamos experimentando el favor de Dios". Aunque era un hombre humilde, permaneció legítimamente orgulloso de su trabajo y de que su joven esposa se había quedado con él en este difícil momento de la vida. La gente era voluble. Por un lado, podrían ser tan crueles, incluso sin una verdadera razón, pero por otro lado, la perseverancia y el trabajo duro podrían conquistarlos. Se sentaron en un sofá de cojines que él había construido con sus propias manos, abrazados unos minutos más. Luego, fuera de la habitación, salió su hijo, con una sonrisa que iluminó el corazón del cielo. Se acercó a ellos, los miró a los ojos y dijo: "Mamá, papá, acabo de tener un buen sueño. La maravilla se acerca. Se subió a sus regazos.

Ambos se miraron y Joseph preguntó: "¿Qué pasa, hijo mío?" pero él solo se acurrucó en ellos y no dijo más. Se encogieron de hombros, se sentaron juntos y se abrazaron unos minutos hasta que Joseph dijo: "Debería salir y trabajar en ese banco". Jeshua preguntó: "¿Vengo, papá?" Y Joseph sonrió: "Sí, hijo, tú también puedes venir". Se levantaron, Joseph tomó la mano de Jeshua y juntos él y su padre salieron al taller de Joseph. Mary pudo escuchar el lijado y ocasionalmente la risa de Jeshua, mientras comenzaba a preparar su cena. Mientras el sol se ponía, llegó un mensaje de Abigail de que podrían tener algunos visitantes después de la cena. Se preguntó qué significaba eso. Había conocido a Abigail en el mercado y, aunque parecía muy próspera, nunca había tratado a Mary de manera condescendiente. Se habían convertido rápidamente en amigos. Abigail tenía una forma muy especial con la gente y todos los que la conocían hablaban muy afectuosamente de ella. Tal vez le estaba enviando a Joseph algunos asuntos más. Mary sonrió. Las recomendaciones de Abigail contribuyeron en gran medida a su lista de espera actual ... Mary llamó a sus hijos, justo cuando se estaba poniendo el sol. Avanzaron hacia ella, ambos sonrientes y cubiertos de polvo de madera.

Le arrojó una toalla a Joseph: "Te sacudes el polvo y te lavas antes de venir a mi casa", pero ella también sonrió. Regresaron al pozo, se quitaron las túnicas y se lavaron. Luego, tomados de la mano nuevamente, regresaron a la casa. Comieron una comida sencilla pero deliciosa. Si más personas probaran el pan de Mary, su pan sería tan famoso como la carpintería de Joseph. Antes de sentarse, se unieron y Jeshua miró a su padre, quien asintió. Levantó la vista al final de la mesa, "Gracias, papá, por esto", y sus ojos miraron a su alrededor para ver la comida, sus padres, su hogar, "Amén". Soltó sus manos y se subió a su cojín en la mesa. Joseph se recostó a su lado mientras Mary sacudía la cabeza detrás de él. Jeshua no había pasado mucho tiempo hablando de bebés, pero había pasado rápidamente a palabras completas y ahora a oraciones simples. Esperaba que su precocidad continuara siendo algo bueno. Tal vez lo haría, pero de nuevo, tal vez no.

Después de la cena, cuando se habían levantado de la mesa, Mary se ocupó de los platos, Jeshua miró a su padre y simplemente dijo: "¿Jugamos bloques?" Joseph sonrió, asintió y Jeshua fue a la esquina, sacó una caja que era casi tan grande como él y la acercó a la mesa. Con cada proyecto que Joseph completaba, formaba especialmente algunos bloques más y los agregaba a la caja que ahora amenazaba con desbordarse. Jeshua volvió a mirar a su padre y dijo, casi con orden, "¡Torres!" Joseph sonrió y le indicó a Jeshua que fuera primero. Se colocó en el lado opuesto de la caja, seleccionó cuidadosamente un bloque y lo puso sobre la mesa. El objetivo era ver quién podía construir la torre más alta sin que se cayera. Jeshua mostró una amplia habilidad en el juego. Tenía buena capacidad espacial, bien planificado y, lo mejor de todo, era paciente. Cuando Jeshua llegó al punto de que ya no podía alcanzar la cima de su torre, Joseph le indicó que esperara un minuto. Vació el resto de los bloques en el piso, volcó la caja para que Jeshua pudiera ahora pararse sobre ella y agregó algunos bloques en la parte superior de la caja. Joseph se preguntó si debería perder a propósito solo para darle confianza a su hijo, pero no parecía que lo necesitara esta vez. Había construido su base más ancha que la de Jeshua, pero no por mucho y la torre de Joseph se tambaleó alarmantemente. Jeshua seleccionó cuidadosamente otro bloque, se subió a la caja y lo colocó en la cima de su torre. Mary entró desde la cocina, secándose las manos con un paño de cocina, mientras Joseph colocaba su bloque en la cima de su torre. Un golpe sonó en la puerta, sorprendiendo a Joseph, y su torre se vino abajo. Jeshua sonrió cuando Joseph sacudió la cabeza en señal de derrota. Mary abrió la puerta.

Capitulo 22
El Nuevo Rey

Antes de partir hacia la casa en las afueras de la ciudad, un anciano se unió a ellos. "Uriel, ¿vienes con nosotros?" Seph cuestionó. "Esto es, creo, por qué vinimos aquí, para encontrarnos con el Prometido", respondió. "Entonces, ¿sabes que Abigail les ha enviado un mensaje y que debemos esperarnos?" otra pregunta. "Ah, entonces conociste a Abigail. Ella es realmente algo. ¿Sabes que ella es una de nosotros? Para un ángel y un anciano, a veces podría ser realmente exasperante. "¿Abigail es un ángel?" preguntó Hannah.

"No dije eso, solo que ella es uno de nosotros". Obviamente disfrutaba demasiado el combate verbal. "Vamos, llegaremos tarde", y se dirigirá hacia la puerta. "¿Cómo vas a llegar allí?" Pregunté, pero rápidamente lamenté su pregunta. Él era un ángel después de todo. Ella cruzó la puerta y casi se cae. Ante ella se tuvo un majestuoso caballo que hizo que el negro fundamental de Mishimar pareciera una molestia común. Uriel soltó una risita y el caballo también: "Pensé que simplemente cabalgaría contigo". Hannah extendió su mano hacia la nariz del caballo. Bajó la cabeza y dijo: "Ah, Hannah, él oyó mucho sobre ti". Antes de que ella pueda formar las palabras en su mente, él también agregó: "Soy Gadol". Ella tartamudeó, "'Majestad", eso es apropiado ". Ella le frotó la nariz cuando Uriel lo montó con una facilidad inusual para el viejo que parecía ser. Todos se montaron y Seph le dijo a Uriel:" Conocemos la dirección general, pero ¿Probablemente conoces la casa exacta? "

"Sí, lo hago", y Uriel abrió el camino. No les llevó mucho tiempo recorrer la ciudad, las calles estaban bastante desiertas para esa hora de la noche. Las pocas personas que pasaron admiraban al anciano y su caballo. Algunos incluso saludaban con la mano. Acababan de entrar en el campo cuando encontraron la pequeña casa. La luz aún venía de las ventanas, por lo que el mensaje debe haberles llegado a tiempo. Desmontaron y Hannah preguntó: "¿Debería quedarme con los caballos?" Uriel sonrió: "Estoy seguro de que puedes pedirles que nos esperen. Tienes a Gadol contigo, recuerda. Ella sonrió a cambio y tuvo unas breves palabras con los caballos. Uriel dio un paso al frente, llamó a la puerta y luego retrocedió. Una joven abrió la puerta y se sintió como si volviera a encontrarse con Abigail. Lucharon contra el deseo de caer de rodillas. "¿Quien es esta mujer?" todos se preguntaron a sí mismos. Luego, detrás de ella, oyeron: "¿Quién es, mamá?" El sonido de su voz los puso de rodillas a todos, cuando el niño se puso al lado de su madre y le tomó la mano.

Un hombre mayor se colocó detrás de ellos y dijo: "Bienvenido, por favor venga a nuestra casa y sea bendecido". Cuando los tres se levantaron lentamente de sus rodillas, el niño desapareció con un "Me Papa", solo para regresar con un recipiente con agua y una toalla. Cuando cada uno de ellos se levantó, cruzó la puerta y se anunció, el hombre y la mujer los abrazaron. Seph entró primero.

"Soy Seph", dijo. "Soy Joseph", y él lo abrazó, "y esta es mi esposa, Mary", y ella lo abrazó. Entonces Seph dio un paso adelante, se quitó las sandalias y Jeshua, que se arrodilló en la cuenca, se lavó los pies. Primero a la derecha, "Jeshua te bendice", dijo y se secó el pie. Y luego a la izquierda, "Bienvenido a casa". Y después de secarlo, se inclinó y lo besó. La ternura genuina los golpeó profundamente. La bendición se repitió cuando cada persona ingresó y la simple bienvenida, especialmente por parte del niño, trajo lágrimas a cada uno de sus ojos. El penúltimo llegó Mishimar. Cuando el niño terminó de lavar y secar el pie izquierdo de Mishimar, extendió la mano y tocó la vaina de su espada diciendo: "Hane, bienvenido a casa", luego se inclinó y besó el pie de Mishimar. ¿Cómo demonios podría este niño saber el nombre de su espada? Mishimar casi lloró de lleno.

Finalmente, el viejo cruzó la puerta. "Soy Uriel, he traído esto para conocerte". Después de un momento de silencio aturdido, Joseph lo abrazó y luego Mary lo abrazó. Cuando Jeshua terminó de besar los pies de Uriel, Jeshua susurró: "Te conozco". Uriel rápidamente se llevó un dedo a los labios y le susurró: "Nuestro secreto". Después de recostarse alrededor de la mesa, con tazas de agua para cada uno de ellos y un plato de pan dando vueltas. Seph hizo la pregunta candente. "¿Cuánto sabe tu hijo sobre quién es él?" Mary miró a Joseph y él habló. "Hemos compartido algunas de las historias con él, pero no sé cuánto cree que es realmente cierto. Sabemos que es verdad y aún nos cuesta creerlo. Había un montón de ángeles involucrados en todo esto. Un ángel le habló a mi esposa, luego, uno a mí en un sueño. Un ángel habló a los pastores y luego una gran cantidad de ellos nos envió los rebaños. Pero eso fue hace todos los años. Ahora hemos comenzado a tener una vida normal y es maravillosamente simple ".

"Bueno", dijo Seph, "un ángel nos trajo aquí", miró a Uriel, "y ahora Herodes sabe de tu hijo. Entonces, creo que lo normal y lo normal están a punto de ser interrumpidos nuevamente ". Dirigiéndose a Mishimar y Hannah, "¿Podrías traer los paquetes que dejamos con los caballos?" Asintieron y se fueron. El resto de ellos continuó con una pequeña charla sobre los últimos dos años hasta que Hannah y Mishimar regresaron. Le dieron a cada uno de los Maestros el regalo que habían empacado. Jeshua se sentó en el regazo de Mary. Seph se puso de pie con su paquete, rodeó la mesa y se arrodilló junto a Mary y el niño. Colocó un pequeño cofre sobre la mesa y lo abrió para revelar el oro que contenía. "Esto es para honrarte, Jeshua, como el Prometido y nuestro Rey", se inclinó en adoración. Raz salió de detrás de Seph y se arrodilló, colocando su caja sobre la mesa, "Y traigo incienso para honrarte". Y él también se inclinó. Entonces Chok se arrodilló. "Y te traje la mirra, aunque no estoy seguro de por qué me llevaron a traerla, ya que generalmente se usa para entierro". Él también se inclinó. Durante el tiempo que los tres presentaron sus regalos, los otros tres se habían quitado los cojines para arrodillarse también con reverencia. Joseph se puso de pie, "No estoy seguro de cómo responder a estos lujosos regalos, pero les agradezco por ellos y el honor que le han otorgado a mi hijo". Jeshua extendió la mano, tomó una de las monedas de oro, la admiró, la volvió a poner en la caja, sonrió y dijo: "Gracias". Joseph preguntó: "¿Qué harás ahora?" Seph respondió: "Herodes pidió que regresáramos a Jerusalén y le dijéramos dónde vives, pero eso no parece tener ningún sentido. Entonces, no estamos seguros en este momento. Tendremos que preguntarle a Chayeem al respecto.

Esa noche soñaron con todas las maravillas de lo que habían experimentado. Habían visto con sus propios ojos lo que hombres justos y profetas durante cientos de años habían deseado ver. Habían visto al Prometido. Sin embargo, Mishimar soñó de manera diferente. Se vio a sí mismo ensillando a su caballo y de repente se dio la vuelta, atrayendo a Hane en el proceso. Allí estaba Uriel en todo su terrible esplendor: «¡Despierta a los demás ahora!

Debes irte rápido. Como ya has determinado, ¡no vuelvas a Jerusalén! Mishimar se encontró completamente despierto. Rápidamente agitó a los demás y los puso en camino en una hora. Raz le preguntó a Seph: "¿Qué pasa con el dinero que pagamos por nuestro alojamiento? ¡Pagamos por una semana entera! "

Seph respondió: "Eso será parte de nuestro engaño. Debido a que pagamos por una semana completa, pensarán que estamos de viaje y volveremos". Y partieron de otra manera.

Uriel también se le apareció a Joseph en sus sueños: "Levántate y huye a Egipto. Toma a María, el niño, y quédate allí hasta que te diga que regreses, porque Herodes está buscando a tu hijo para que pueda destruirlo. Temprano esa mañana siguiente, tomaron los regalos que los Maestros les habían dado, y rápidamente empacaron. José tuvo que despertar al maestro de establos, pero a través del favor del Señor compró cuatro caballos adecuados. Y así, la sagrada familia huyó hacia Egipto.

Capitulo 23
Emboscada

Debido a que viajaron a casa de una manera diferente y habían completado su tarea, sintieron que ya no tenían necesidad de ocultarse. Se mantuvieron en la carretera principal y cabalgaron juntos. Mishimar abrió el camino y Hannah subió por la retaguardia como antes. Todavía viajaban con todo su equipo, por lo que progresaron lentamente, pero se sintieron menos gravosos.

Mientras tanto, Marduk había llevado al hechicero de Herodes, Nebo, y a su hijo Nesher, con la espada Balak, a un lugar oculto en un camino que conducía desde Belén. "Padre, ¿por qué Marduk nos ha traído hasta aquí? Los viajeros del este no tomarían este camino de regreso a Jerusalén ", aventuró Nesher. "Él cree que los Maestros han visto a través del subterfugio de Herodes y no volverán a Jerusalén para decirle dónde se está quedando el niño", respondió su padre. "Pero nuestros espías los siguieron y ya saben dónde vive el niño. ¿Por qué no volvemos y le decimos a Herodes? " él todavía cuestionó. "Regresaré a Herodes con esa información", dijo Nebo con brusquedad. "Deberías demostrar más que un partido para su guardaespaldas, independientemente de su arma".

"¿Por qué nos importan estos Maestros, de todos modos?" "Porque nadie desafía al rey sin sufrir las consecuencias. ¿Lo entiendes?" Las preguntas continuas frustraron a Nebo. "¡Sí señor!" Nesher respondió con una sumisión simulada. "¡Yo los cuidaré a todos!"

Cuando el sol comenzó a salir, los tres Maestros, Mishimar y Hannah aún cabalgaban casualmente, cumpliendo su misión de encontrar al nuevo rey. Charlaron con corazones ligeros mientras Mishimar seguía adelante, pero a la vista del resto de ellos, aunque no sentía ninguna preocupación particular con respecto a su seguridad. Los viejos hábitos simplemente mueren con dificultad. De repente sintió algo. Se giró para ver a un guerrero montado cargando contra él desde la derecha. En lugar de completar la carga, se detuvo inesperadamente en el último segundo y en un movimiento fluido desmontó. Mishimar permaneció montado, notando que este enemigo potencial había renunciado extrañamente a su ventaja de sorpresa y ser montado. "¡Estoy aquí para frustrar la finalización de tu búsqueda!" Nesher lo desafió. "Llegas demasiado tarde, ya lo hemos completado". Mishimar respondió. "Pero el rey te ordenó que regresaras con él con noticias de dónde estaba el nuevo rey, ¿no?" Su desafío continuó. "Herodes no es nuestro rey, ¡no nos manda!" Mishimar declaró con naturalidad mientras él también desmontaba. Los Maestros y Hannah movieron sus caballos hacia atrás, se acurrucaron juntos y se preguntaron qué tipo de duelo loco podría sobrevenir. Entonces Hannah también desmontó, aunque los Maestros trataron de evitarla.

Nesher, después de haber descartado el lugar del ocultamiento de su padre para iniciar su carga y luego su desafío, sacó a Balak de su vaina, el pomo sin hoja visible. Mishimar respondió sacando a Hane del suyo para romper el aire de la mañana con una nota de la más pura belleza. El tiempo se detuvo y casi se detuvo cuando se quedaron uno frente al otro. Poco a poco comenzaron a rodearse, tratando de evaluar las fortalezas y debilidades de los demás a partir de lo que observaron, su postura, su caminar, cómo manejaron sus espadas, la atención al detalle en la forma en que se vestían, pero lo más importante lo que vieron en los ojos del otro.

Nesher estaba vestido casi de forma real. Su armadura corporal estaba hecha del cuero más fino y cortada para adaptarse perfectamente a él. Un brazalete dorado muy ornamentado adornaba su antebrazo derecho, con un anillo de rubí rojo sangre en su mano izquierda. Su largo cabello estaba recogido con una banda bordada alrededor de su frente, completa con signos sagrados y símbolos ocultos. El sencillo brazalete de bronce en su antebrazo izquierdo era obviamente más funcional que ornamental. Mishimar, por otro lado, era la imagen de la simplicidad. No tenía baratijas adornadas, solo una túnica suelta que cubría los calzones de cuero. Su única ropa costosa eran sus botas de viaje, que si bien estaban bien hechas, también estaban bien usadas. Los ojos de Nesher eran altivos, confiados, de color gris acero, carentes de emoción que miraban con aire de condescendencia. Los ojos de Mishimar eran de un marrón cálido, que desmentía una paz establecida. Obviamente se sentía cómodo consigo mismo, pero lleno de una profunda pasión que hervía a fuego lento debajo de la superficie.

El tiempo volvió a su velocidad máxima, ya que ambos entraron en acción. El sonido de su batalla sonó con esperanza y desesperación. Hane cantaba brillantemente, brillantemente, mientras Balak buscaba anular y absorber la vida de cada nota. Su baile era a la vez hermoso y terrible de contemplar, como un abrazo claro y oscuro, cada uno desesperadamente buscando la ventaja. Ninguno de los dos parecía capaz de crear una ventaja; estaban demasiado igualados. Se rompieron, dieron un paso atrás, ambos jadeando fuertemente.

Nesher arrojó algo a la cabeza de Mishimar con su mano izquierda acompañado de una palabra de encantamiento murmurado. Mishimar bloqueó el proyectil con su mano izquierda y pareció caer inofensivamente al suelo, pero por un momento su visión fue confusa y confusa. Pareció recuperarse rápidamente y se comprometieron nuevamente, pero algo parecía estar mal. Mishimar susurró entre respiraciones, "¿Chayeem?" y escuché un rotundo "¡Estoy aquí!" en su corazón. Todo se aclaró instantáneamente y su fuerza se renovó. Mishimar comenzó a medir el ritmo de la lucha de Nesher. Fingió una falla que debería haberle permitido desarmar a Nesher, cuando aparentemente de la nada, un pequeño animal, sobresaltado por el conflicto, cruzó el camino de Mishimar y Nesher. Por un momento, Mishimar estaba distraído, preocupado por el animal, y en ese momento Nesher alteró su agarre, golpeó a Mishimar en el costado de la cabeza y lo dejó inconsciente, su espada cayó al suelo. La batalla parecía ganada, pero Hannah corrió hacia la forma inmóvil de Mishimar. .

Nesher pisó el cuerpo de Mishimar antes de que ella estuviera completamente allí, "Levanta y dame su espada y lo haré perdónele la vida. se regodeó. Hannah se agachó lentamente, recogió la espada de Mishimar y, antes de que Nesher pudiera despachar a Mishimar como había planeado, lanzó su propio ataque contra Nesher. Con los dientes apretados, murmuró: "¿Has perdido tu ventaja?"

De repente se abrió un portal, un círculo de luz lleno de oscuridad y en su centro el luminiscente, Marduk, como se le llamaba actualmente, con su espada desenvainada. "¡No, soy su ventaja!" Sin embargo, en el mismo momento apareció Uriel, en toda su altura, y con su espada desenvainada. "¡No! ¡Usted no!" Todos se unieron en la batalla, Hannah contra Nesher, Marduk contra Uriel. Así comenzó la batalla de las cuatro espadas cantantes. La naturaleza cataclísmica de este conflicto pronto hizo que el aire zumbara, el suelo vibrara, mientras chocaban en ataque, parada, contraataque; golpe tras golpe tras golpe. Hannah atacó a Nesher con tanta ferocidad que lo obligaron a retroceder, lo dejó sin aliento, incapaz de pensar, y mucho menos pronunciar encantamientos. Mentalmente, físicamente, espiritualmente exhausto, él vaciló, y ella al ver la ventaja lo mató. Ella se volvió para ayudar a Uriel en su batalla con Marduk. Marduk notó que ella se volvía hacia él en su visión periférica y después de una rápida parada del ataque de Uriel, dio un paso atrás y se detuvo. Marduk murmuró: "¡He frustrado tu intento de proteger al niño! ¡Tú y la mujer no son rival para mí!

Uriel se echó a reír: "¿Quieres que pida refuerzos? Solo un tercio de los ángeles te siguió en tu rebelión. A los otros dos tercios les encantaría unirse a mí. Marduk ordenó: "Esa espada pertenecía a uno de mis ángeles". Señalando el lugar donde yacía la espada de Nesher, solo su pomo visible. Extendió su mano hacia ella. "¡Dámelo!" Uriel miró a Hannah, "¡No! Por derecho de combate, se lo ha ganado "Marduk se burló," Entonces, por derecho de combate, dame la suya ", señalando la espada de Mishimar que Hannah sostenía. Mishimar había comenzado a recuperar la conciencia. "Hmmm ..." la sonrisa de Uriel regresó, "No pareceque Nesher ganó el derecho a esa espada tampoco. ¡Mishimar sigue vivo!

Marduk descartó su postura de batalla, enfundó su espada y escupió: "Entonces volveré en un momento más oportuno". El portal oscuro reapareció y él retrocedió. Hannah regresó a Mishimar, se arrodilló, le tomó la cabeza y los hombros en sus brazos. Sus ojos se abrieron y él miró los de ella. Hubo silencio por un momento y luego susurró: "¿Es este el cielo?" Ella sonrió, acercó su rostro al de él y lo besó en los labios. Ella le susurró: "Tal vez ..." Él se sentó lentamente sacudiendo la cabeza, insegura de lo que acababa de suceder. Solo para asegurarse de que había vuelto a la realidad, extendió la mano, la atrajo hacia él y la besó. Después de un momento, ella lo empujó suavemente y le entregó su espada. Se acercó, cogió la espada desechada de Nesher por la empuñadura y de repente vio la hoja de Balak. Ella rodó sobre el cuerpo de Nesher con su pie, se agachó y quitó la vaina de la espada. Ella lo tomó para sí misma y envainó la espada. Regresó a Mishimar, extendió la mano y lo puso de pie.

Uriel, Hannah y Mishimar se volvieron para mirar a los tres Maestros. En algún momento durante la batalla, ellos también habían desmontado y se quedaron allí con la boca abierta de asombro. Finalmente Seph murmuró, apenas por encima de un susurro, "¿Qué acabamos de presenciar?" Uriel respondió con calma: "El niño y su familia han huido de Belén, en una dirección que el enemigo desconoce. Quería eliminarnos antes de que regresaran y eliminarlos, pero he advertido a los padres de Jeshua ". Seph continuó: "¿Les advirtió de qué?" "Que necesitaban huir a Egipto por Herodes buscará destruir la amenaza a su trono".

Chok finalmente encontró su voz, "¿Y ahora qué?" "Creo que será seguro que regreses a casa. No estás en peligro más inmediato ", dijo Uriel. Chok habló de nuevo, "¿Y qué hay de ustedes tres?" Uriel miró a Mishimar y Hannah, "No puedo hablar por ellos, pero me uniré al niño y su familia. Cada uno de los pequeños del Señor necesita un ángel de la guarda ". Y desapareció. Raz también miró a la pareja, "¿Y ustedes dos?" Maishimar miró a Hannah y ella asintió con la cabeza. "Creo que seguiremos a Uriel un poco más". Seph levantó su mano hacia el cielo, "Entonces la paz de Chayeem sea con todos nosotros, mientras viajamos por caminos separados". Los dos grupos se unieron y se abrazaron, por último Seph y Hannah. Cuando rompieron su abrazo, ella extendió la mano y le tocó la mejilla. "Adiós," Otro Padre ", que el tiempo entre nosotros sea corto". Respondió señalando a Mishimar con un brillo o una lágrima en los ojos: "Cuídala bien, tienes mi bendición". Mishimar y

Hannah alzaron sus espadas en un saludo, se volvieron y se alejaron en la otra dirección, con la esperanza de interceptar a la sagrada familia mientras huían a Egipto. Los Maestros subieron, giraron sus caballos hacia el Este y comenzaron su viaje a casa.

Capitulo 24
De Regreso en Jerusalén

Nebo normalmente no tenía dificultad para ver al rey. De hecho, a veces pensaba que su lugar como el mago y el hechicero más confiables del rey era tan seguro que podría ir y venir como quisiera. Por alguna razón, hoy el guardia le negó la entrada. También su puerta de acceso oculta prácticamente cerrada y no creía que nadie más supiera que existía la puerta secreta.

Regresó una y otra vez, diciéndole al guardia: "Es urgente ver al rey". Y continuó siendo rechazado con: "Está con alguien y pidió que no lo molesten bajo ninguna circunstancia". Finalmente agregó: "¿Pero ¿qué pasa si se trata de la seguridad de su trono y un complot para derrocarlo?" Pero el guardia negó con la cabeza: "Lo siento, Nebo, pero tengo mis órdenes". Desesperado, sacó una silla de la antecámara, la colocó cerca de la puerta, se sentó y dijo: "Esperaré, pero debo verlo de inmediato. Tan pronto como esté disponible. El guardia pensó: "Esto debe ser realmente importante, nunca he visto a Nebo perder una comida, ya que estuvo sentado durante todo el almuerzo, hasta que se durmió en la silla". Finalmente, la puerta se abrió y Nebo se sobresaltó. Salió una mujer de exquisita belleza y con un olor tan poderoso a la brujería que casi se desmaya. Ella se acercó a él y le susurró: "Nebo, te hemos estado esperando. Puedes venir conmigo. Ella extendió su mano. Antes de darse cuenta de lo que estaba haciendo, ella lo condujo a la sala del trono del rey. La puerta de las habitaciones personales del rey estaba abierta. También olía poderosamente a brujería.

El rey se sentó en su trono con una mirada vacía en sus ojos y estaba sonriendo ingenuamente. "Ah, Nebo, ¿y qué podemos hacer por ti? Veo que has conocido a Batel. "Mi Señor", tartamudeó. La presencia embriagadora de esta mujer casi lo venció. "Regreso de Belén. Los Maestros no volverán para informar sobre el paradero del nuevo rey, pero mis espías lo han localizado. "Bien bien. ¡Guardia!" él gritó. Su guardia asomó la cabeza y el rey ordenó: "Llama a Markus y haz que me atienda". El guardia se fue para cumplir. Se colocó una silla en la mano derecha del rey y Batel se sentó en ella y sostuvo la mano del rey. "Me preguntaba si era hora de que tomara otra esposa". Él la miró aturdido. "Mi rey, sería contrario a mis votos casarme, estoy comprometida con Chemosh, pero eso no debería obstaculizar el disfrute de la compañía del otro". Y ella realmente le guiñó un ojo. Markus entró. Apenas se había lavado el polvo de las manos y la cara y el cansancio le colgaba de los hombros como una capa. "¿Mi señor?" y él tomó una rodilla. Los ojos de Batel se iluminaron considerablemente, pero Markus todavía tenía la cabeza inclinada. Miró cansado en dirección a Nebo. "Nebo". Se detuvo tratando de encontrar las palabras. "Tengo algunas malas noticias. Una de mis patrullas encontró a su hijo asesinado en un camino de Belén hacia el este. Fui a investigar y parece que estaba solo, pero se defendió bien de varios atacantes. No estoy seguro de por qué lo atacaron. Todo lo que tomaron fue su espada y lo dejaron donde lo mataron.

Markus bien podría haberlo amamantado. Nebo se quedó atónito. Antes de que el dolor tuviera un momento para instalarse, el rey se enderezó en su trono y dijo:

"Markus, Nebo ha localizado a este nuevo rey que ha nacido". Él continuó: "Nebo, muéstrale". De alguna manera, Nebo sacudió las noticias por el momento. A la izquierda había una mesa donde el rey a veces cenaba cuando él y sus generales hacían estrategias para la batalla. Nebo se acercó a la mesa y buscó dentro de su túnica. Cansado como estaba, Markus tenía su espada a la mitad antes de que Nebo pudiera sacar su mano de su túnica para mostrar el mapa que había traído con él. Markus se relajó. Nebo extendió sobre la mesa el mapa de Belén y sus alrededores. "Mis espías dijeron que se encuentra aquí", mientras señalaba el mapa. "Es una casa pequeña en las afueras de la ciudad sin defensas. Debería ser fácil capturarlo. "¿Capturarlo?" El rey levantó la voz. "No quiero que lo capturen. Mátalo." De repente, el cansancio cayó de Markus como si simplemente se hubiera quitado la capa. "Pero señor, él es solo un niño, no representa una amenaza". "¿No hay amenaza?" Herodes se levantó bruscamente. Volvió a mirar a Batel y ella asintió. "Este es un hijo de profecía, nacido de la religión, ¿y usted dice que no es una amenaza?" "Un simple niño campesino, mi Señor". Lo intentó de nuevo. "¿Estuvo involucrado en el asesinato del hijo de Nebo? ¿Sus seguidores ya están comenzando a atacar mi trono? ¡No! ¡Esto se detiene aquí y se detiene ahora! Había acumulado bastante vapor. Quizás estaba tratando de impresionar a Batel. "No solo lo mate, mate a todos los niños varones de dos años o menos".

Markus estaba horrorizado. "Pero mi rey". "Nesher ya nos ha fallado y murió por ello. ¿Quién más debe morir? Esta amenaza debe ser limpiada de mi tierra. ¡Ve rápido, hazlo ahora! Sonaba casi histérico. Con un corazón pesado, Markus se inclinó y se volvió hacia Nebo en su camino para cumplir. "Nebo, mis hombres han traído el cuerpo de tu hijo a tus habitaciones. Lo siento por tu pérdida." Dejó la presencia del rey para cumplir el comando más difícil de su vida. Reunió a sus tropas, les dio sus órdenes y no se atrevieron a cuestionarlas. Acababan de traer a casa a un muerto en la batalla y ahora deben ser los portadores de la muerte para los inocentes. Podían decir cómo esto había afectado a su comandante y no se atrevían a aumentar esa pena. Nebo arrastró el cuerpo de su hijo hasta su templo subterráneo, lo tumbó en el altar negro, lo roció con aceite y lo encendió. Angustiado, gritó: "Marduk, ¡me has quitado todo!" Entonces él también pisó las llamas.

Epilogo

Debido a que comenzaron su viaje temprano en la mañana y montaron a caballo esta vez, se adelantaron a la mayoría de los viajeros y se encontraron con pocos en el camino. Jeshua cabalgó frente a su padre, casi en su regazo. Pensó que esta era una aventura y aparentemente no había captado nada del peligro que Mary y Joseph sentían en absoluto. Mary cabalgó junto a Joseph y casi se turnaron para mirar hacia atrás para ver si sus perseguidores lo habían alcanzado. En medio de una sensación de prisa, todavía tenían la presencia mental para darse cuenta de que un período de descanso ocasional les permitiría viajar más lejos y más rápido si se mantenían renovados. Se detuvieron varias veces en su camino y luego en una de las aldeas. Limpiaron y almorzaron en una pequeña posada en el camino. Afortunadamente, a Joseph le quedaban suficientes cambios por la compra de los caballos que no necesitaba usar más de su oro. Trató de tener cuidado de no atraerles atención indebida, sino de mantener la apariencia de un simple artesano viajero y su familia, reubicándose. Apenas tuvo tiempo de reunir las herramientas de su carpintero antes de que se fueran, pero había podido traer las más importantes. Cuando terminaron de comer, Jeshua se volvió hacia la puerta y anunció: "Uriel". Efectivamente, el viejo cruzó la puerta, se acercó, se sentó y se unió a ellos.

Dijo suavemente que solo ellos podían escucharlo: "Cuando te detengas por la noche, alquila una habitación extra. Mishimar y Hannah deberían unirse a nosotros para entonces. "¿Solo una habitación?" Joseph levantó una ceja. "Ella y Mary pueden quedarse en una, tú, Mishimar y el niño en la otra". dijo de manera casual. "¿Te quedas?" preguntó Jeshua. Uriel lo miró y sonrió: "Siempre estoy aquí contigo, no siempre puedes verme". Jeshua sonrió a cambio y asintió con la cabeza con confianza.

En la posada de esa noche tuvieron la suerte de alquilar las dos habitaciones separadas por su propia sala de estar. Después de la cena, estaban sentados allí cuando Hannah y Mishimar llamaron a su puerta. Joseph los dejó entrar. Tenían un fuego cálido y acogedor en la chimenea. José les respondió: "¿Han comido?" Mishimar respondió: "Sí, cuando Uriel confirmó que realmente establece en esta posada, cenamos abajo antes de subir". Joseph logró: "Él es bastante útil, ¿no es así? Nos dijo que vendrías y que alquilaría una segunda habitación. Mishimar miró a Hannah mientras se levantaba una ceja, pero Joseph tuvo:" Entonces Hannah, tú y Mary tuvieron una habitación y los chicos la otra ". Hannah sospechó notablemente aliviada." Probablemente ya hayas descubierto que nos gustaría acompañar a Egipto. ¿Uriel mencionó eso también? Mishimar lo llamó con calma. "No, él solo dijo que nos encontraría aquí". Pero Joseph estaba sonriendo, había llevado a Jeshua a su regazo. Mishimar desenvainó su espada y la sala se llenó de música. Se arrodilló sobre una rodilla, con la espada sobre sus palmas. Hannah hizo lo mismo, aunque su espada, con su espada invisible, no cantaba nada .

Mishimar comenzó: "Jeshua, me gustaría jurarte mi vida y mi espada por el tiempo que las necesites". Aunque Jeshua ya había bendecido a Hane, se deslizó del regazo de su padre, una vez más besó sus dedos, tocó la hoja y dijo: “Sí”. Del mismo modo, Hannah le presentó a Balak, el pomo en una palma y la otra palma debajo de su hoja invisible, “Yo también te prometo mi vida y esta espada por el tiempo que nos necesites”. Jeshua sorprendentemente respondió: “¡No!” Luego extendió la mano, envolvió sus dedos alrededor de la cuchilla invisible y dijo: “¡Sé, Oz!” y la espada brillante se hizo visible y su canción llenó la habitación en armonía con la de Hane. Uriel también se hizo visible y dijo: “Él hará nuevas todas las cosas, algunas devolviéndolas a su novedad original. Esa espada era Oz, lo que significa Gloria, antes del comienzo de los tiempos. Jeshua dijo: “¡Ahora sí!” Toda la familia extendida sonrió y se regodeó en el momento sagrado por un poco más de tiempo, hasta que Uriel dijo: “Buenas noches”. y desapareció.

Mishimar se rió, “¿Siempre va a estar haciendo eso?” y el resto de la familia se unió a su risa. A la mañana siguiente encontraron a Jeshua arrodillado en el balcón de su suite, con los ojos cerrados, mirando hacia el sol mientras salía sobre las colinas, sonriendo y tarareando una melodía pegadiza. Joseph se puso en cuclillas a su lado, extendió la mano y le rodeó el hombro con el brazo. “¿Qué estás tarareando?” Le susurró. Jeshua abrió sus grandes ojos marrones, “Sing Papa song”. Anunció con orgullo, mirando hacia el cielo. Joseph también sonrió, “Ven a desayunar con nosotros”. “Bueno.” y se puso de pie con bastante agilidad para un niño de dos años, tomó la mano de Joseph y regresaron a la sala de estar.

Hannah y Mishimar habían regresado de la planta baja con cuencos de puré tibio y agua fresca. Los cinco se reclinaron con sus cuencos cuando Jeshua dijo: “¿Uriel reza?” El anciano apareció y miró al cielo: “Tú eres Dios de los cielos y de la tierra, de todo lo que tiene vida. Gracias por esta disposición, mientras te seguimos a Egipto “. Todos dijeron: “Amén”. Mishimar llenó tazas, las pasó y todos comieron de buena gana. Cuando estaban terminando su comida, Hannah le dijo a Jeshua: "¿Quieres ayudar con los platos?" "Sip." fue su simple respuesta cuando se puso de pie y comenzó a recoger cuencos y tazas con ella. Mientras el resto empacaba sus escasas pertenencias, Hannah llenó dos cuencas, normalmente utilizadas para bañarse, con agua. Uno para lavar, otro para enjuagar, mientras Jeshua tomaba una toalla, miraba a Mishimar, sonreía y le preguntaba: "¿Estoy seca?" Ella asintió con la cabeza, "Normalmente, en una posada, la gente simplemente deja platos sucios, pero nos gusta mostrarle a la gente que los valoramos a ellos y sus posesiones. Entonces, lavamos nuestros platos ". De pie un poco más alto, Jeshua agregó, "y seco, bien". mientras los apilaba en el aparador. Cuando terminaron, le entregó la toalla para secarle las manos, luego se secó la suya y colgó la toalla cuidadosamente donde el sol de la mañana pronto la encontraría. Era una fresca y fresca mañana iluminada por el sol. Los hombres habían traído los caballos, y cada uno de los cuales había descansado bien parecía ansioso por la siguiente etapa de su viaje. El caballo de Mishimar, Shadow, parecía especialmente excitado. Jeshua se acercó a él, se llevó una mano al costado y luego a la nariz cuando bajó la cabeza. Sombra se calmó al instante. Hannah miró a Mishimar y ambos levantaron las cejas. Jesuha también miró a Mishimar y exclamó: "¿Cabalgar, señor?"

¿Quién miró? inquisitivamente a Joseph: «¿Está bien si Jeshua viaja conmigo esta mañana?» Joseph se encogió de hombros, «Si te parece bien». Mishimar montó mientras Joseph ayudaba a Mary a subir a su caballo y luego él montaba el suyo. Hannah le entregó a Jeshua a Mishimar y luego ella también montó su caballo. Montando delante de Mishimar, Jeshua se inclinó hacia adelante para agarrar el cuello de su caballo. «Como Shadow, señor.» Dijo sobre su hombro. El caballo relinchó y Mishimar se preguntó: «¿Cómo sabe este niño el nombre de mi espada y mi caballo?» Mary y Joseph también celebraron los reinados de sus caballos de carga, y todos salieron de la ciudad. Llegaron lo suficientemente temprano como para estar delante de la mayoría de los viajeros. Una vez que estuvieron lo suficientemente lejos del pueblo, Hannah comenzó a cantar, Mishimar se unió, armonizando, y Jeshua tarareó.

Un día vendrá el Uno, saliendo como el sol de la mañana. Un día amanecerá una luz, haciendo que todas las cosas sean nuevas. Un día, nuestros corazones errantes, perdidos, solos y lejos de casa. Un día lo encontraremos cerca.La luz invade la noche más oscura, la ceguera deja paso a la vista. El caos se calma por la paz interior. Todo nuestro esfuerzo desesperado cesa, la vida está encontrando su liberación. La muerte vuelve a ser tragada por la vida. Un día, toda nuestra desesperación, todo nuestro dolor y todos los cuidados. Un día se lavará y el pecado ya no existirá. Un día todos estaremos en casa, descubriendo que Su reino ha llegado. Un día Él volverá a gobernar, como lo ha hecho desde entonces. El tiempo comenzó. Un día, un día, volveremos a ver el Árbol. Habrá un final de toda lucha. Un día, un día, todo es nuevo otra vez, bebiendo del río de su vida.

EL FIN.

Uriel

Si le gusta este libro,
escriba una reseña en Amazon por vavor.
Muchas Gracias.

Glosario de Nombres.

Abigail: Dueña de los Textiles Uno de Asher en Belén.
Anthony: comandante de Herodes.
Antigonus: Ultimo rey Macabeo.
Aristobulus: Hermano y Sumo Sacerdote de Mariamme.
Avram: Tutor de matemáticas e instructor de Seph en hebreo.
Balak: Espada cantante entregada a Ishbe-benob, luego a Nesher.
Batel: La nueva bruja de Herodes.
Beker: El joven camello de Hope.
Chayeem: El Árbol de la vida en el centro de Delight.
Chokmah: (Chok) Maestro de las religiones.
Choom: Caballo de Halek (Kel).
Clay: Primer hombre, guardian de Delight.
Daath: El Arbol del Conocimiento del bien y del mal.
Dawn: Primera mujer, guardiana de Delight al lado de Clay.
Delight: El jadin maravilloso de Dios.
Gadol: Caballo de uriel, majestad.
Halek: Kel nombre de vagabundo.
Halel: Director, coreógrafo de culto, ángel protector de Delight que cae de su exaltada posición.
Hane: Antigua espada cantante de Goliath, ahora a favor de Mishimar.
Hannah: Ama de casa de Seph.
Herod Antipater: El padre del grandioso Herod.
Herod: (El grandioso) actual Rey de Judea.
Hope: hija de Clay y Dawn.
Jeruel: la oveja de sacrificio, hijo de la ovejas Seh y Rachel.

Joseph: Hermano menor de Herod el grandioso.
Joseph: Padrastro de Jeshua.
Kel: Primogenito de Clay.
Marduk: Dios de Nebo, el comienzo de luces indescriptibles con otro nombre.
Mariamme: Esposa de Herod y nieta de Macabeo Hircano.
Markus: Comandante de Herod el grandioso.
Mark Anthony: Emperador de Roma.
Mary: Madre de Jeshua.
Matthan: Padre de Mishimar.
Midnight: Padre del caballo de Hannah, Opelyeem.
Miriam: Hija de Abigail y empleada de Asher textiles finos.
Mishimar: Soldado con una espada que canta, quien acompaña a Hannah y los magos a Jerusalén.
Nebo: Hechizero de Herod y mago de las artes oscuras.
Nesher: Hijo del hechizero Nebo y posesor de la espada cantante Balak.
Phasaelus: Hermano mayor de Herod el grandioso.
Rachel: Oveja de Sigh.
Rachel: La mujer sabia que tutorizo a Raz.
Raz: Maestro de los misterios.
Seh: Oveja de Seth.
Sepheth: (Seph) Maestro de los idiomas.
Set: Tercer hijo de Clay y Dawn.
Sigh: Segundo hijo de Clay y Dawn.
Uriel: El ángel que reemplazo a Halel sobre el jardín Deligth y quien procede a ser el Prometido.
Zerah: La chica servidora quien se introdujo al Rey y Nebo , después sirvió a Nebo y su hijo.
Zillah: El semental negro de la sombra de Mishimar.

Sobre el Autor

Bill siempre ha sido un narrador de historias. Su esposa dice que todavía tiende a compartir la verdad de forma creativa y con talento para lo dramático. Él creció en el sur de Seattle y ha vivido en Tacoma, Washington desde 1972. Inicialmente trabajando en hospitales (completó la mitad de su educación), Bill se incorporó a Boeing Airplane Company en 1979. Ellos últimos 15 años de su carrera de 32 años enseñó a Empleados y desarrollo de liderazgo. Bill a menudo desarrolló y enseñó su propio material y ha escrito numerosos cuentos y dramas, culminando en su primera novela publicada “En medio de las piedras de fuego” en 2017 y su segunda a “Fuera del Santuario” en 2018.

Ahora jubilado, pasa su tiempo enseñando, asesorando, actuando en el teatro comunitario, escribiendo y disfrutando de su familia. Bill y su esposa de más de cincuenta años, Nancy, vive cerca de sus tres hijos y seis nietos.

Encuentras a Bill en su oficina en casa, probablemente esté al otro lado de la calle jugando con la mascota del vecino, Stacy.

Calendario de Adviento

Diciembre 1

Comienza a ahorrar para un regalo especial.

Diciembre 2

Hornea galletas para tus vecinos.

Diciembre 3

Haz un acto de amabilidad al azar para un extraño.

Diciembre 4

Recoge toda la basura del hogar y tírala a la basura.

Diciembre 5

Guarda todas tus cosas por la noche antes de irte a la cama.

Diciembre 6

Limpia la mesa y lava los platos.

Diciembre 7

Sonríe a todos los que encuentres hoy.

Diciembre 8

Visite un Centro para personas mayores (léeles, canta para ellos o solo escúchalos).

Diciembre 9

Escríbele a alguien una carta de agradecimiento.

Diciembre 10

Agrega a alguien nuevo a tus oraciones.

Diciembre 11

Pon una botella de agua y un bocadillo en el auto para compartir con personas sin hogar.

Diciembre 12

Haz un dibujo y coloréalo para alguien.

Diciembre 13

Ayunar una comida o una semana y donar el dinero ahorrado a ''personas sin comida''.

Diciembre 14

: Di "Gracias" más a menudo y "Por favor", también.

Diciembre 15

Escríbele a alguien una carta de amor o un poema amoroso.

Diciembre 16

Alimenta a los patos.

Diciembre 17

Darle a alguien un masaje en la espalda.

Diciembre 18

Comparte un dulce con un amigo.

Diciembre 19

Saca a pasear a la mascota de alguien.

Diciembre 20

Ama a alguien que generalmente no es muy amado.

Diciembre 21

Ten un segundo postre.

Diciembre 22

Aprende "Feliz Navidad" en otros tres idiomas.

Diciembre 23

Camina por tu vecindario y recoge la basura.

Diciembre 24

Dile a alguien lo que aprecias de el/ella.

Diciembre 25

Compra el "regalo especial" para el que ha estado ahorrando y regálalo.

Made in the USA
Middletown, DE
11 September 2020

18451020R00116